文芸社セレクション

脱走兵

林 荘吉

JN107022

文芸社

目次

人と人との出会いは、笑いあり、涙ありの連続で千差万別であるが、時には予期せぬ事に巡り合う。

私の知人の中で若かりし頃、海軍の横須賀海兵団の宿舎から脱走し、戦争終結まで逃げ切った男性がいた。

私が知り合った時は戦後十年も経っていた頃であるが、頑丈そうな身体で仕事も真面目にこなしているようだし、たまに冗談を言ったりして人を笑わせたりするので、付き合いの良いおじさんという印象が強かったが、或る対話の中で語った彼の昔の物語に私は仰天してしまったのだ。どうしてどうして恐るべき経歴を持った人であることが分かったのだ。

通常の付き合いの範囲の中では決して知り合えない得難い人物であることに気付いた。彼の経歴の面白さは、何年たっても薄れることなく光り、私の心の中に鮮明に残っている。

どのようなきっかけでその人と巡り合ったのか、その物語を話してみよう。

その一

　私は東京の杉並区和泉町の甲州街道沿いで山王屋パン店の長男坊として生まれた。昭和七年（一九三二年）の時である。

　私の家も工場も戦争でアメリカの焼夷弾攻撃を受け丸焼きにされたが、戦後間も無く立ち直り、パン屋を再開していた。私は長男であったがパン屋の後を継がず建設省で国家公務員として働いていた。だが、建設省での仕事に夢中にはなれずにいた。

　戦後間もない時代は、なにもかも大きな混乱のうねりの中にあり、どんな権威も常に波打っていて、人生で何を目指すか、迷いの多い時代でもあった。そんな中で私は小説家になりたいという野望を持ち始めていた。中学生の頃から小説読みに夢中になり、授業をさぼって学校の図書室に入り込んで夏目漱石や芥川龍之介の小説本をめくっていたが、図書室の係員に咎められるのが心配だったが、何も言われなかったので安堵して度々もぐりこんでいた。その頃の私は文学の知識を膨らませようと、誰かれなく片端から小説を読んでいた。

その二

私が学生で成人を迎えていた頃になるが、自分の住んでいる地域に文学のサークルがあるのを中学のクラスメートの椎名君から聞いた。彼もサークルの一員であるが、さぼり会員でこのところ顔を出していないという。

そのサークルにはどんな人達がいて、どんなテーマで学ぼうとしているのか、私の好奇心をくすぐった。

私は椎名君にサークルを覗いてみたい、と頼んだが、

「いいよ、俺はさぼっているけど、サークルの主催者に電話を入れておくから、いきなり行っても大丈夫だと思うよ」

と住所・氏名を教えてくれた。

私は休みの日、椎名君の言った住所録を頼りに和泉町の屋敷町にあったサークルの会合場所に一人で恐る恐る出掛けた。

「ごめん下さい」

出てきたのは年配の婦人だった。

「私、林と申しますが、こちらで『文学を楽しむ会』を開いていると、会員の椎名君から聞きました。突然で失礼しますが、私も入会したくてお邪魔しました」

「はい、ちょっとお待ちください」

奥から出てきたのは、年配の優しそうな男性だった。

「あー、先日椎名君から電話がありましたよ。林さんですね」

「はい、そうです。突然ですみません」

「まあー、上がってください」

広い応接間にはたくさんの人がいた。

椎名君の紹介で突然参加した事情を説明すると、みんな気持ちよく受け入れてくれた。

そのサークルは十名ほどの会で、「文学を楽しむ会」という名目で、月に一回開かれていた。私が出席した日は若い男性が一人と女性が一人いたが、後は年配のおじさんやおばさんであった。

そんな訳で私の強い好奇心が見知らぬ人との出会いの扉を開けてくれた。

その日のテーマは太宰治の「人間失格」で、彼の作風や生き方について、議論が交わされた。

太宰治が玉川上水で心中したことは、誰もが承知していたが、玉川上水は私の住み家の真裏を流れていたので、子供の時からの遊び場であった。玉川上水で泳ぐことは禁じられていたが、付近の地理は知り尽くしていた。太宰治が入水自殺した上流部の三鷹にはいずれ覗きに行ってみたいという遊び心があった。「斜陽」や「人間失格」はすでに読んでいたが太宰治をもっと知りたい、という気持ちで私も勉強会の一員に入れてもらった。太宰治の「人間失格」は若者の中でブームになっており、ベストセラーになるほど人気があった。

勉強会の中で、面白い意見を出したインテリ風のおじさんがいた。

「太宰治の作品は人間の裏面の心理というか弱い部分の描写はなかなか凝っていて優れているが、将来に対する展望がないよね。だからどうしても暗くなるよね」

太宰治にのめりこんでいた私の気分に一矢ぶち込まれた感じがした。

その会員さんは方南町の漢方薬屋を営んでいる住吉さんという人だった。

印象が強かったので、会が終わった後に住所を聞いてみると、

「甲州街道と阿佐ヶ谷に抜ける環七通りの交差点の角から三軒目だから直ぐわかりますよ。遊びに来てよ」

と、親切に誘ってくれた。

住吉さんと山本さんとの出会い

私はもっと彼の文学観を聞いてみたくなり漢方薬屋さんを訪れてみたくなった。その日は休日だけどお店は開いていた。店先で趣味のサークルの長話はできないので上がれということで、遠慮なく座敷に上がったが、たまたまそこに先客がいたのである。それがなんと逃亡犯の山本さんであった。

聞くところによると、住吉さんは二年程前まで病院の事務長をしていたが、父親が亡くなったので、やむなく家業の漢方薬屋さんの後を継いだという。元々は小学校の先生をしていたが、途中で退職し病院の事務長として働いていたが、二年ばかりで、漢方薬屋さんに転じたという。

病院の事務長をしていた時、患者の親として逃亡犯の山本さんが通っていたのである。

その頃、山本さんは診療費の支払いに悪戦苦闘していて、時には来月まで支払いを延ばしてもらいたいというような訴えを病院の住吉事務長に度々懇願することがあったという。

事務長の住吉さんは、誠実そうな彼に同情し、支払いの延期を認めたりしたが、何か事情がありそうなので、山本さんの裏の事情を聞いてみると、思わぬことにぶつかったという。

山本さんは中学生の男の子を連れて診療に来ていたが、

「この子は兄貴の子供で自分の子ではないんです」

と言った。

「兄貴には、この子の下に妹がいて二人とも実は私が生活の面倒をみています」

さらに住吉さんが聞き及ぶと、

「兄貴はメチルアルコール中毒で去年死んでしまったんですよ。嫁さんは逃げ出していないし、私が二人とも引き取って自分の子供と一緒に暮らしています」

さらに、

「山本さん、あなたの奥さんは元気なの」

と聞くと、

「いやー、病気がちで、寝たり起きたりしていますよ。まー自分の仕事だけは何とかこなしているので」

住吉さんが予想したよりはるかに複雑で、暗い家庭の姿が浮かび上がってきた。病院としてこれは放ってはおけない案件としてマークをしなければならなかった。

一方で山本さんは、私のような貧乏人を庇うなんて。神や仏でもあるまいし、この世の中は〝知らぬ、存ぜぬ〟と他人には見向きもしない冷たい人ばかりではない。今時、誰に聞いてもこんな優しい人はいない。お陰で私は救われた。これは万に一つの巡りあわせになるかもしれん。そんな思いが住吉さんへの尊敬にまで高まった。

だが、思わぬことが起きた。住吉さんの父親が亡くなり、漢方薬屋さんの跡継ぎのため、住吉さんが病院を退職してしまったのである。

山本さんの失望は大きかったが、住吉さんへの信頼は病院を去っても断ち切れることはなかった。彼は漢方薬屋さんが杉並区方南町の自分の住み家とそれほど遠くないことを知り、漢方薬購入の客を名目にして訪ねてみることにした。

住吉さんの店は言われた通りに杉並区の方南町の甲州街道沿いにあった。

「いらっしゃいませ」

と言って出てきたのが、他でもない住吉さんだった。

「あれっ、山本さんではないか。どうしたの」

山本さんが懐かしさいっぱいで、

「いろいろとお世話になりました。もう一度お礼が言いたくて、病院でお店の住所を聞いてきました。ついでに胃薬でも調合していただければと思い伺いました」

「あっはっはー、もうそんなに気を使わなくてもいいんだよー。まー上がってお茶でも飲んでいってよ」

遠慮なく上へあがると住吉さんの奥さんが出てきて挨拶を交わした。

「どうだね、子供たちは元気にやっているかね」

「やー、私の息子と合わせて三人もいると、年中大騒ぎですよ」

こんな会話が弾んで、山本さんの住吉詣の初日が始まったのである。

当時、彼は道路の改修には外すことのできないハツリ屋で、道具のつるはしで古い道路のコンクリートを剥し、道路改修の下ごしらえをする肉体労働の職人であった。

その後、戦後の復興で道路工事の仕事がどんどん増え始めたのが幸いして仕事は増える一方であったが、この機会に独立して一人親方に転じた。

そんな余裕が生まれた山本さんは、休日になると漢方薬屋の住吉さんの家へ熱心に通い始めた。住吉さんが囲碁の高段者なので、囲碁を習うという口実ができたのである。

私、林が住吉漢方薬店を訪ねたのは、こんな時であったのだ。

山本さんもいて紹介されたが、初めての印象は四十歳半ばで、がっしりといい体格をしていたが、表情は穏やかで真面目な話しやすい人という印象であった。

私は文学の話などを住吉さんに聞こうと訪れたのに、その話には少しも触れられず、山本さんの過去の語りに、話がトントン拍子で進んだ。

山本さんの生い立ちはずば抜けしていて、人並みではなかった。私はあまりにも面白くて山本さんの話を一語も漏らすまいと、聞き耳を立てた。

次の週の休日も私は住吉宅を訪問した。案の定、山本さんも来ていた。

山本さんも私も住吉さんの世話好きに付け込んだお邪魔虫みたいに住吉宅へ通い出した。或る時、住吉さんが山本さんに尋ねた。山本さんが戦地に召集もされずにいたらしいので、

「山本さん、召集令状は来なかったの」

「いやー来ましたよ。海軍からね」

と言って話し始めた彼の生きざまに住吉さんと私二人は仰天してしまった。当時、陸軍への召集令状は多かったが海軍への召集令状は珍しかった。

「実は私、横須賀海兵団の兵舎から脱走したんですよ」

二人とも思わず、えーっと声を上げた。山本さんの話に二人は度肝をぬいた。この時代の人は誰も一筋縄ではいかない波乱に満ちた経歴を持っている人が大勢いたが、こんな経歴を隠し持つ人は何処へ行っても見当たらない。これは万に一つの出会いと言ってもいい。

「まー、今まで誰にも話さなかったがね、兵舎で班長に少し反抗したら、それからマークされてね、精神棒でやたら尻を叩かれたよ、夜痛くて寝られない時もあったよ」

横須賀の四等水兵の訓練期間は四ヶ月と決まっていたが、それまでとても持たんと思い、脱走という思いがちらちらと浮かび上がって機会を狙っていたが、偶然にもチャンスがやって来たのだ。

「よく見つからなかったねー」

住吉さんが興奮気味に尋ねた。

「えー、これは命がけでしたよ。逃げ切る自信などはなかったんですが、運が良かったんでしょうね」

と言って、横須賀からの逃亡劇を語ってくれた。

山本さん横須賀海兵団に入営

山本さんは二十歳で横須賀の海兵団に入営することになった。昭和初期の頃である。位は最下位の四等水兵として3教班に配属された。3教班は十五名で構成され、半田という教班長の指揮下で訓練が始められた。初日は訓練のやり方の説明があり、次に班員の自己紹介がされた。その中で東京世田谷の出である会沢という同郷の隊員がいることが分かった。

「おー同郷がいたか。優しいお坊ちゃま風な男だが、どんな奴なんだろう?」

山本水兵にとっても同郷人である会沢水兵の人柄はぜひ知っておきたい。

訓練が終わった後、早速、会沢水兵に話しかけてみた。

「やー、どうも。自分は山本です。会沢、お前、世田谷の東松原の出だってね。自分は杉並の方南なんだよ。まさか隣の区同士とはねー。何かの縁だな。まー、よろしく」

と、手を差し出し、がっしり握手を交わした。会沢水兵はにこっとして、

「よかった、東京出身がいて。君は杉並の方南町ですってね。よろしくお願いいたします」

と、にこやかに、ばか丁寧な返事が返ってきた。どうせ軍隊なんて殺したり、殺されたりの世界だから、動作も荒っぽくなるが、会沢は丁寧に頭を下げて挨拶を返してきた。入営前の娑婆の空気のままである。山本水兵も少年時代の遊びは、地元だけでは物足りなくなり、四、五人で組んで自転車に乗り世田谷羽根木公園まで遠征した。子供内の縄張り荒しをやっていたのである。

「会沢さ、お前、東松原なら羽根木公園で遊んだことあるかい」

「あるさ。直ぐ近くだもの。クラスの友達とよく木登りをしましたよ」

「やっぱりそうか。自分も仲間と自転車で羽根木まで遠征したことがあるんだ。あそこは広いもんなー。隠れんぼなんかしたら相手が見つけられなくてあせった事があったよ」

「そうだったんだ」

同じ広場で遊んだともなれば、同じ土を蹴って埃を上げていたわけだ。

「まー、よろしくな」

と言って、山本水兵は相手の肩を軽くたたいた。会沢水兵も軽く手をあげて応えた。これから四ヶ月は寝起きを共にして、猛訓練に耐えていかなければならない。時には助け合わねばならない隣人だ。

二日目から猛訓練が開始された。

「総員起し十五分前」

横須賀海兵団兵舎では朝五時四十五分を迎えると最初の号令が拡声器から発信される。

新兵の兵舎の中では、待っていましたとばかり全員がハンモックから跳びだし、便所に向かってかけつける。用をすませてハンモックに戻るが、そのまま横にはならない。毛布を二つ折にしてから寝たふりをする。後の作業の時間稼ぎをしておくためだ。目が覚めているからといって、先に起きて着替えるのは許されない。

次の号令が出るのは朝六時である。新兵は息をひそめて待つことしばし。

「総員起し、総員吊り床おさめ！」

「よしっ！」

と、横須賀海兵団山本勝也四等水兵はハンモックから勢いよく跳び出した。

他の班員十四名も我先に着替えて吊り床訓練に掛かる。ここで油断は出来ない。二分以内に寝床をたためなければ、朝っぱらから精神棒を一発尻に食らう。そんな落ちこぼれを掴みだそうと、３教班の半田教班長がまばたきもせず、新兵の動きに睨みをきかしている。右手には樫の木で作り上げた精神棒が握られている。何時でも振りあげるように腕はピーンと張られている。

「遅いっ、遅いっ。そんなこって海軍の軍人になれんぞ！」

３教班十五名の新兵達は教班長の怒鳴り声に煽られて、死にもの狂いでハンモックと取っ組み合っている。

「このどじ野郎！」

がしっと鈍い音がして、いきなり一人の新兵の尻に精神棒が叩き込まれた。

「全員やり直し！」

半田教班長は一人でも落ちこぼれが出ると気が済むまで同じ事を繰り返す。叩くことで人間は磨かれていくのだという信念の持ち主である。刀鍛冶屋は、無駄な叩きはしないが、半田教班長はただただ叩くのが使命感と確信している。

新兵達は一人残らず奴を恐れ出した。教班長の命令は天の声である。逆らえば、地獄へ突き落とされる。新兵達は痛いのを我慢してでも早く一人前になりたいと思っているので耐えているが、仏の顔も三度までだ。

カッター訓練操作は水兵にとって必修科目だ。毎日二時間近くもかけて、磨きがかけられる。もうそれだけで汗がほとばしる。

ほっとする間もなく、最後の仕上げは各教班の競走なのである。この競争の出来具合が地獄の一丁目になるかどうかの境目なのが頭にしみ込んだ。

十二隻のカッターが横並びになると先任士官の旗の合図で波をけって一斉に飛び出した。

「貴様ら、早くしろ！　早くしろ！」

各班の競争になると俄然、半田教班長は敵意むきだしになり、怒鳴るたびにカッターが横ゆれする。

七日目に手痛い罰を食らった。各班競争で、ビリになってしまった。会沢水兵がくたばってカッターの櫂がバラバラになったのが原因である。訓練が終わり整列すると教班長の目が吊りあがっている。これはまずいぞ。

「貴様ら何たるざまだ。会沢水兵！　前に出ろ。貴様たるんでるぞ。後ろを向け！」

会沢水兵の尻に精神棒が三発叩き込まれた。会沢水兵の顔が痛みでゆがんだ。

新兵達の顔も緊張感で強張っている。

会沢水兵との出会い

会沢水兵と一緒の軍隊生活を一ヶ月も続けていると、ひ弱にもかかわらず驚く事が沢山分かってきた。

まず仲間をけなす事が無い。軍隊という激しい競争の世界の中では半歩でも他人の先に出ようとする。他人のあらさがしも当然出てくる。だか、会沢は他人の気配は気にするが、それ以上他人のことに首を突っ込んでこない。自分の世界から外に出てこない。若者は誰でもが自分の命を国のため投げだそうと意気に燃えている。だが、会沢は戦争の話などは自分の方からはしない。殺したり、殺されたりの生き様は自分には向かないと言わんばかりである。海兵団にとってみれば場違いな人間が一人紛れ込んでいて、一糸乱れぬ歩調の好きな上官どもを手こずらせているのは間違いない。

山本は会沢水兵の話をいつもじーっと聞いていて、同じ東京生まれでもこんなに天地の開きがあるのかよ、ってな感じてある。会沢水兵はご大家の若殿、山本は長屋の悪たれ小僧、という具合だ。山本なんか自分では東京生まれの田舎者だと思っている から、ざっくばらんに行こうぜという気安さがあるが、会沢水兵の礼儀は身についていて乱れない。東京でも上の上で品がある。

普通ならば大学出は幹部候補生になれたのに、病気のせいで大学をあきらめた会沢水兵は、我々召集組と一緒の最下級の四等水兵から始めざるを得なかった。

「僕は学者になりたかったんだ」

山本の前では安心して「僕」と言うようになった。

会沢水兵は山本水兵の人生の中では出会ったことのない珍しい人物であった。時には弱々しい奴だなと思う事もあったが、時流に流されない頑固な一面も持っているのに気付いた。

或る時、学校の成績の話から、数学の話になり、

「球の体積の出し方はこうやって出すんですよ。数学では初歩的な公式ですけどね」

といいながら、持ち物袋の中から鉛筆を取り出して、スイスイと積分の公式をメモ帳に書き込んで山本に見せた。

「うーん。会沢先生には頭がさがるよ」

と山本は兜を脱いだのである。並みの人間には見られない、ずば抜けた素質が見え隠れした。天才青年？　かな、と思うほど学識豊かであった。それでいて、お前らと身分が違うんだぞというような態度をちらっとでも出すような素振りはしなかった。だから班内の大方の新兵のように、会沢水兵を『世間知らずのお坊ちゃま』と言って

馬鹿にする態度を決してとらなかった。それどころか、最近は『会沢水兵の悪口はよせ』と言うほどかばった。

　今は育ちの違いがむしろ面白いと思うようになった。この狭い兵舎内にいて二ヶ月も経つと同郷意識が強く芽生えてくる。そんなことがあるせいか、会沢水兵の悩みは黙って見過ごせなくなってきた。だが他の水兵にとって会沢水兵はお笑いの種にされている名物男なのである。先日はこんなこともあった。昼食が終わり、兵舎に戻る時は、新兵にとってほっとする一瞬である。冗談も言いたくなるのか、中庭を横切りながら、三人の悪い新兵仲間が群れて会沢水兵をからかっている。

「僕ちゃん、元気にしてるう！　鬼ごっこしない」

　会沢水兵に聞こえていないはずはないが、会沢は振り向きもせず、言い返せないでじーっと耐えているのが判る。三人の後ろでそれを見咎めた山本が、

「またやっているな。あいつら」

　と言いざま、前の三人に向かって叫んだ。

「何だ、お前ら、寄ってたかって大人をからかうんじゃねーよ」

　と山本水兵が一喝すると、

「あ、いけねー。会沢の兄貴分が来ちゃった」

　といって三人とも急ぎ足で、すたこら逃げ出した。会沢水兵を救うためならば相手

が何人であろうと向かっていくのが山本水兵の姿勢なのだ。

3教班では会沢と山本が同郷で仲がいいのは知れ渡っている。だから、その間を割ってでも歯向かう者はいない。逆らえば大騒ぎになる。

山本はうなだれている会沢水兵に、後ろから声を掛けた。

「会沢さ、今度奴らがからかいやがったら怒鳴り返してやれ」

会沢水兵は下を向いたまま返事がない。山本は何とか会沢水兵に自信をつけてやりたいと思うが、優しい性格が邪魔をしてなかなか強くなれない。

翌日、起床ラッパで便所に駆け付けると、会沢水兵とばったり出会った。

「あっ山本さん、昨日は有難うございました」

会沢は丁寧に山本水兵に頭を下げたが、

「おいおい、会沢さ、さん付けは止めようぜ。呼び捨てでいいんだよ」

山本の方が慌ててしまう。

「それじゃー、兄貴と呼ばせてもらいます」

「おいおい、もっと悪いよ」

会沢水兵との間柄は遊び仲間のようにさらっといきたいが、これでは持ち越しができたようで後を引きずる。朝の忙しい時間帯なので深追いは避けたが、山本は苦笑いしたまま、

「まー、いいか。あとは成り行きにまかせよう」

と言ったら、会沢水兵が小さくうなずいて、「よしっ」という顔になった。会沢水兵が山本にすがろうとしているのがよくわかる。詳しく聞いたところによれば、会沢水兵は世田谷の東松原の出と言うではないか、東松原と言えば、高級屋敷が並んでいる町だ。山本は東京杉並区方南町の大工の次男坊だが、長屋住まいである。育った世界が大きく違うような気がする。会沢水兵は入学時に病弱で大学に入れずにいたそうだ。二年間程、軽い結核をしていて、大学に入るつもりが駄目になったらしい。結核が治ってほっとする間もなく、兵隊検査に引っ掛かったという。

「兵隊検査は恥ずかしながら、乙種合格なんですよ」

そういって会沢水兵は照れた。軍が兵員不足で新兵補充を急いだためか、乙種にもかかわらず即座に召集され、山本と同じ四等水兵から出発することになった。新兵は彼を除いて甲種合格で入隊してきているから、会沢水兵は補充兵扱いだ。

会沢水兵の悲劇

訓練も三ヶ月経ち、いよいよ追い込みに入ったある日のことである。

「あっ！　なんだとー」

いきなり半田教班長の声色が悲鳴に変わり、慌てふためいて奥のハンモックに駆け寄った。

「これは会沢水兵の吊り床だな！」

とんがった声が兵舎の板塀に突き刺さった。

「はいっ、そうであります」

人のいい清水水兵が間髪をいれず答えた。

「ややっ奴はどうしたんだ？　何処に消えたんだ」

山本水兵の目に飛び込んできたのは、会沢水兵のハンモックだ。ぶらぶらと揺れているが、空になっているではないか。毛布はめくれたままである。一番奥にあったので、半田教班長も山本も一瞬見逃していたのだ。

「便所にでも行ってるのかっ！」

半田教班長が隣同士の清水水兵に向かって怒鳴った。

「はっ、いいえ、わかりません」

清水水兵が慌てて答えた。

「いいかっ！　会沢水兵の吊り床はそのままにして全員兵舎外に整列、急げっ」

教班長の怒鳴り声を食らって水兵達が兵舎から飛び出した。朝の出だしから緊迫した空気が走る。兵舎の外庭に新兵が整列すると、

『ドラム缶』が眉間にしわを寄せて噛み付くような目つきになっている。これは、辺り構わず怒鳴り散らす前ぶれなのだ。

「念のため点呼をとる。番号！」

「一、二、三、四、……十四！」

やはり十四名しか居ない。一名足らず。

「お前達はそのままの姿勢でいろっ！」

半田教班長は、最後の点呼を聞くやいなや、下士官室へ駆け出した。後ろ姿はお世辞にも上品ではない。やはり『ドラム缶』のあだ名がぴったりだ。

残された新兵はひそひそ話を始めた。山本水兵は隣の清水水兵の耳元にささやいた。

「清水、お前、この二、三日、会沢の様子がおかしいと思わなかったか？」

「うーん、そういえば、夕べは会沢の奴すれ違っても、振り向きもしなかったな」

「そうだろう。かなり目つきがおかしかったぜ」

清水水兵も目の座った会沢水兵に気づいていたのだ。

会沢水兵は我々新兵仲間に日頃からお愛想笑いを送って寄越す。他人に知らん振りなど出来ない性分だから〝われ関せず〟なんて素振りなどは先ずなかった。ところが昨日は挨拶どころか、まばたきもせず、まっすぐ前を見たままで歩いていた。目が座わっているというのか、まったく他人が映っていないようだった。会沢水兵にとって清水も山本も親しい仲間である。にもかかわらず、会沢水兵の眼中に二人の姿は映っていなかったようだ。

「？？」

会沢水兵が何かに取り憑かれているな。あんたなんか知らないよってな顔である。

「おー、会沢どうした」

山本は気になり、軽く声を掛けたが、

「……」

会沢水兵は素知らぬ顔で行ってしまった。

「ありゃ、今日はご機嫌斜めだな」

何時も相手の目をうかがっている会沢水兵が昨日は親友でもある山本とすれ違っても、にこりともしないで通り過ぎていったのだ。会沢水兵にとって山本水兵は最も身近な仲間であるのに振り向きもしないのだ。これはただならぬことだ。会沢水兵が一点だけを見つめてひたすら向かっている先に不吉なものが感じられた。

「会沢がいないのに気づいたのは朝方だったのか？」

「うん、そうだ。朝一番の時だ。馬鹿に静かだなと思って奴の吊り床（ハンモック）を見たら、毛布がめくれたままになってるじゃない。ずいぶん早く起きたなー、と思っていたんだけど、何時までたっても戻らんし、便所に行ってるにしては長すぎるな、これはやばいぞって思っていたんだ」

「そうだったのか」

清水水兵も不安げな顔である。

山本は誰も会沢水兵の行方を掴んでいないとなると、彼の身の回りに取り返しのつかない事件でも起きているのかな？　と思いやった。

新兵訓練中でこんな事件は初めてだが、案の定、分隊ぐるみの大騒動に発展してきた。

――夕べの「巡検」の時は確かに見かけたがな。会沢は体の具合でも悪くて衛生室に行っているのか？　そんなことはないぞ。それならば、あらかじめ当番士官の連絡が入るはずだ。会沢は何処かで倒れているのか？　それとも脱走か？　まさか会沢水兵に限って脱走はないだろう。そんな度胸はないといってもよい。

管内放送が入った。

「ただいま、会沢水兵の所在が不明である。直ちに総員探索を開始せよ」

山本は会沢水兵の思い出にしばらくふけっていたが、はっと我に返る。

はーはー言いながら教班長が戻ってきた。

「お前ら、放送で分かってるな。他の班に絶対に遅れをとるな。直ちに便所へゆけ。そこに居なければ防空壕を探せ！」

赤ら顔の口元からつばが飛び散った。前後を見失っていると見える。他の班が先に見つけてしまうと、教班長は面目丸つぶれになる。その分、怒りは沸騰して、精神棒十発位は叩き込まれる。『ドラム缶』が珍しくそわそわし出した。日頃の太々しさが消えている。

やっぱり行方不明か。何か嫌な予感がする。とにかく便所へ！　便所へ！　全力で駆け足だ。

新兵専用便所は片っ端から、ばたばたと開けられたが、最後に一番奥の扉を開けようとした清水水兵は、内側から鍵が掛けられているのに気付いた。

「誰か入っているのかっ！」

大声で怒鳴ったが、中からは何の返事もない。この様子に気付いた新兵たちがどっと集まってきた。

「扉を壊せっ！」

半田教班長が息巻いた。

清水水兵が力任せに木の扉の取っ手を引っ張ると、メリメリっと鍵の取っ手が壊れた。扉を開けた途端、前にぶら下がっている水兵服の男に危うくぶつかりそうになり、のけぞった。慌てた清水水兵が顔を上げて見つめると、間違いなく会沢水兵だ。清水水兵は振り返りざまに叫んだ。

「会沢水兵がいました。くっ！　首を吊っています！」

ありえない事が起きて、清水水兵は立ちすくんで唇を強く噛んだままである。梁に架けられた荒縄は会沢水兵の首にがっしりとくい込んでいる。とっさに山本水兵が後ろから清水水兵をかき分けて便所に飛び込むと、

「よしっ俺が抱いているから、清水っ、縄を外してくれ」

清水水兵は我に返ると、

「よしっ、わかった」

と会沢水兵が踏み台に使ったとみられるビールの空箱に乗り、縄を外そうとしたが、なかなか解けない。

「おいっ、会沢、返事をしろ、会沢っ！」

山本は会沢水兵を抱えたまま、ゆさぶったが、口は開かなかった。すでに会沢水兵

の身体に温もりはなく、やたらと重かった。〝死体は重く感じる〟ということわざに山本水兵の気持ちにいやな予感が走った。

「清水っ、早くしろ。くたばりそうだ」

「うん、もう少しだ」

清水水兵はあせっているのか、がっちり絞っている縄はいうことをきかない。

「よしっ、解けた」

清水水兵が溜めた息を大きく吐いた。顔が汗ばんできている。会沢水兵は、裸電球の薄暗い便所の中から二人の手で急いで引き出された。囲んでいた水兵がパッと道をあけてくれた。便所は3教班の新兵でごった返している。

「担架は来ているか！」

教班長が大声を上げると、

「はい、来ております」

武田水兵が返事をした。

担架の上に横たわった会沢水兵の顔は青白く見えて、息をしている気配がない。同僚たちは焦り気味になって担架で衛生室まで運びこんだ。

しばらくして、同僚の担架要員が兵舎に戻ると、何やらその報告を聞いていた半田教班長は、

「よし分かった。訓練開始だ。みんな練兵場へ集合しろ」

カッター訓練が何事もなかったように開始された。暫くして、

「貴様っ、何をもたもたしてるんだ。いいか、訓練は頭で覚えるんじゃないんだ。身体で覚えるんだっ！」

舳先に座っている半田教班長の怒鳴り声と同時にムチの先が山本水兵の頬にビシッと飛んできた。

――痛えー、この鬼軍曹め！

腹の中で怒鳴り返した。

こんなことで、山本水兵がどじるなんていうのは珍しい。未だ会沢水兵の影が手足に絡まっているのだ。

午前の訓練が終わる少し前に斉藤分隊長に下士官室から呼び出しのアナウンスが掛かった。しばらくして、戻ってきた分隊長が半田教班長を呼びつけ、何やら耳打ちをした。山本水兵になにか不吉な予感が走った。

――もしや？

午前の訓練が終わると半田教班長は我が班だけを集めて整列させた。会沢水兵の件で一大事でもあったのか、とみんな教班長の説明に聞き耳を立てた。

「いいか、みんなに報告がある。よく聞け、会沢水兵は先程、衛生室で死亡が確認さ

れた。以上」

「えーっ」

新兵がざわめいた。事務的で短い報告だ。

細かい説明もない。戦場ではあるまいし部下が死んだというのに、悲しい顔など一つも見せていない。

「なんたることだっ！」

山本水兵の予感が当たってしまった。入営してから三ヶ月余りしか経っていないのに、会沢水兵は息をふき返すことなく、我々の兵舎に戻らなかった。戦友達に一言の別れの挨拶もせず、遠いあの世に旅立ってしまったのだ。

山本水兵はついに自分を抑えきれなくなった。いきなり手をあげて教班長に問いただした。

「半田教班長殿、一つお願いがあります。よろしいでしょうか」

「なんだ、言ってみろ」

教班長が新兵の言い分を聞くのは珍しい。

「私、山本水兵は会沢水兵の本を一冊借りております。会沢水兵の故郷の番地も聞いておりますので、私が郵送便で家族に返したいと思います。よろしいでしょうか」

「だめだ、だめだ。おまえらの出る幕じゃない。あとで本を俺のところへ持ってこい！」

荒々しく声を叩きつけてきた。山本水兵をにらめつけながら、山本水兵の控えめな申し入れをこともなげに葬り去った。山本水兵は自分の頭に血がのぼるのがわかるほどムカッとした。

――会沢については一切手を触れるな、という事かい。

「教班長殿、お言葉を返すようですが、会沢水兵と自分は同じ東京出身であります。今、会沢水兵の為に出来ることはこれしかありません。ぜひお願いいたします」

なおも食い下がろうとする山本水兵の姿勢に半田教班長の赤ら顔が小刻みに震え出した。

「貴様っ！　さっきから上官に向かって何事だっ！」

と言いながら山本水兵に近づくと、身を構えて思い切り顎を殴りつけた。なにしろ柔道の元指導員だった『ドラム缶』の全重量がかかったパンチに、体力では自信のあった山本水兵も地面の上にどさん、と張り倒された。山本水兵はくらくらっとして一瞬頭が白くなった。が、倒れたまま、とっさに名案が浮かんだのである。

――よし、このまま目を開けるもんか。

「おい、山本水兵早く起きろ！」

教班長は立ち上がらない山本水兵を見下ろして、まだ殴り足りない面である。怒りは未だ治まっていない。

山本水兵はしっかり聞こえていたが、気絶した振りをして目を開けなかった。顎は未だ痛くてずきんずきんと脈を打っている。

——少し脅かしてやれ。

目を覚まさない山本水兵を覗きこんで、半田教班長は激しく揺さぶった。

「山本水兵っ、起きろ。おい、貴様！」

依然として山本水兵の目は開かない。

「おい、急いで担架を持ってこい！」

「はい、分かりました」

担架に乗せられた山本水兵は、目をつぶったまま、

——よーし、ドラム缶は引っかかったな。ざまー見ろ。必ず会沢の仕返しをしてやるぞ。

二人の担架要員によって衛生室に運ばれた山本水兵は、衛生兵の手で、寝台に寝かされた。ついでに軍靴と兵服が手際よく脱がされたが、内心はにやにやしていたのだ。

軍医がこつこつと歩いてくるのが判った。

軍医は直ぐ山本水兵の手を取り、脈を計った。

「うん、特に乱れてはいないな」

穏やかな声である。

軍医は山本水兵の身体のあちこちを調べ始めた。

「顎がはれているな。どうしたんだ」

軽く顎をさわりながら、運んできた武田水兵達に向けて質問が向けられた。

武田水兵がそれを引き取って、

「はい、そこに寝てるのは3教の山本水兵であります。先ほど半田教班長殿から鉄拳制裁を受けて気を失いましたので、急いで運んで来ました」

軍医は武田水兵をにらむように、

「なにっ、また3教の半田軍曹だと！」

「はい、そうであります」

武田水兵が直立して答えたが、軍医の気配は険しくなった。これはただでは収まらないな、という予感が武田水兵の頭に走った。

「うん、そうか。今朝の会沢水兵も半田教班長の3班だったな。お前ら、会沢水兵が死亡したのは知っているな」

「はい、先ほど、教班長殿から報告がありました」

「改めて聞くが、今朝の会沢水兵の背中から尻あたりが、あざだらけだったが、会沢水兵が何か問題を起こしたのか？」

武田水兵は一瞬詰まったが、

「はい、先週のカッターの教班競争で我が班がビリになりましたが、会沢水兵の動作が鈍いのが原因と言うことで、半田教班長殿が大変怒りまして、精神棒の制裁を何十発も尻に受けました」

本当のことを言うしかない。

「半田軍曹は会沢水兵が死にたくなるほど叩いたのか」

「はい、そうだと思います」

新兵達は例外なく半田教班長に敵意を抱いている。庇う者などはいない。

小林軍医は、

「お前達、班に戻ったら、半田教班長に伝えろ、今回の件は、改めて小隊長に報告する。と伝えろ、分かったな」

「はい、分かりました」

担架要員の二人は敬礼して去っていった。

小林軍医はだまってうなずくと、山本水兵の方に向き直り、頬を軽く叩いて、

「山本水兵、山本っ」

さすがにゆさぶったりはしない。山本水兵はまだ早いぞ、と目を開けなかった。ここが大事なんだ。すると、軍医は山本水兵のシャツをめくり心臓に聴診器を当ててきた。

「うん、特に問題はないようだ。カンフルを打つか」

控えている助手の衛生兵に促した。

「はい、直ぐ用意します」

衛生兵は返事をして、薬棚に向かった。山本水兵は、

――おっと、注射なんか打たれてたまるかい。この辺で、目を開けないとばれるな。

山本水兵は目をそーっと開けた。

「おお、気が付いたか。山本水兵、だいぶきつい制裁を受けたな。まだ痛むか？」

小林軍医が覗き込んでいる。

「はい、ずきずきします」

か細い声を出すのも芝居気がいる。小林軍医はさらに聞いてきた。

「山本水兵、どういう訳で、半田軍曹を怒らせたんだ」

この際だからばらしてしまえ。

「はい、さきほど亡くなった会沢水兵と自分は東京出身で同郷であります。先日、会沢水兵から借りていました本を、この際に自分から会沢水兵の家族に返したいと半田教班長殿にお願いしたところ、大変怒られまして、いきなり殴られました」

山本は小林軍医の反応をさぐった。

「うん、そうか。本ぐらいどうって事はないじゃないか、どうも半田軍曹は初年兵に

やたらときびし過ぎるようだな」

　はっきりと物を言う白衣の小林軍医に山本水兵は、

　――へーこの軍医はまともだ。やっぱり医者だな。それに中尉だから、半田軍曹では歯が立たない。

　などと感心していると、小林軍医は、

「山本水兵、直ぐ動くのはまだ無理だから、ここで少し休んでいけ。顎は、濡れたタオルで冷やしておくからな」

「はい、有難うございます」

　山本水兵の気分はもうはとっくに平常に戻っているが、素直に従った。

　うまく芝居が運んでいる事に、内心にんまりとしたが、

　――小林軍医殿悪いね、騙したりして、
　という懺悔の気持ちが少しかすめた。

　一方、武田水兵達は報告のため、錬兵場に戻り、匍匐訓練中の半田教班長に敬礼した。どうも近寄りたくない顔だ。

「武田水兵ただいま戻りました」

「本田水兵ただいま戻りました」

　振り向いた半田教班長は、

「おう、山本水兵はどうなった。あとで様子を見に行こうと思っていたところだ」

図太い声だ。

「報告いたします。山本水兵は目を覚ましましたが、三時間ほど衛生室で休養させると軍医殿がおっしゃいました。なおこの件は改めて分隊長殿に報告するから、教班長殿に伝えろとのことでした。以上です」

武田水兵が伝えると、

「なに、軍医殿が分隊長殿に改めて報告すると言ったか？」

「はい」

「よし、ご苦労。訓練に戻れ」

半田教班長は少しまずいことになったな、と渋い顔になり、分隊長に悪く報告されればどうなるのか、予測は出来ないが、分隊長から呼び出しは食うだろうな。

その時、半田は開き直るしかないと思っている。

――任務に忠実で何が悪いんだ。俺は軍のため身体を張っているんだ。文句なんかつけられるわけもない。

「何時もどうりやりました」

と、そう言うだけだ。

三時間ほど経って衛生兵に起こされた山本水兵は、まだずきずきと痛む顎を押さえながら着替え、途中から我が班の手旗信号訓練に加わった。

「山本水兵ただいま戻りました」

訓練指導中の『ドラム缶』に敬礼したが、彼は振り向きもせず、

「早く訓練に戻れ」

と言ったきりだ。気を失って倒れた部下に慰めの一言もない。

――よほどこの俺が御気に召さないようだ。こいつは、人の姿をした新兵製造機械だ。だいたい笑っているところなど見たことがない。怒鳴りまくるのを生き甲斐にしている鬼軍曹だ。いいか、でかい面していられるのも今のうちだぞ。

山本水兵は小林軍医の『これで二人目だぞ』に望みをかけた。

山本水兵は昼飯抜きのまま午後の訓練に参加した。３教班全員が昼飯抜きの罰をくらっているから、自分だけ別扱いにしてくれるわけもない。

「しかし腹が空いたなー。もう我慢できないぜ」

唯一の楽しみまで取り上げる半田教班長に新兵たちも不満たらたらで、怒りは溜まるいっぽうだ。

といっても訓練の手は抜けない。山本水兵はしがみつくように一日の訓錬を終わらせたが、夕飯の時間が来るのが、こんなに待ち遠しく感じたことはない。

やっとありついた夕飯をがつがつと食って兵舎に戻るなり、

「あーあ、会沢の奴、首なんて吊りやがって。夕べ、おかしいなと思ったとき、遠慮せずに強く聞き出せばよかったなー」

清水水兵の前で、悔やんだが後の祭りであった。そんな時、ふと思い出されたのが、いつまでもこびりついて離れない会沢水兵のうめき声である。

先週のことである。昼間のカッター訓練の班別競走で、わが3班がまたもやビリになってしまった。会沢水兵がへたってわが班のカッターのオールがばらばらになったのが原因である。案の定、兵舎に帰るなり『ドラム缶』が大声でわめいて精神棒を握った。

「会沢水兵、前に出ろ。貴様のせいで我が班は大恥をかいた。だいぶ気合が足らんようだ。今から活を入れてやる！」

「はいっ！」

会沢水兵の声が震えているように聞こえた。『ドラム缶』が精神棒を持ち直すと、

「会沢水兵、尻をこちらに向けろっ！　手は壁につけろ！」

「はいっ！」

会沢水兵が後ろ向きになった。半田教班長はその尻めがけて、これでもか、これでもかと精神棒を叩きこんだ。

「ぶすっ、ぶすっ」

と、精神棒が尻肉に食い込む音に会沢水兵は言葉も出せず、肩で息をして耐えていた。

「戦闘精神は訓練に耐えることで生まれてくるのだ」

そう言いながら、叩きに叩いた。叩くことに興奮しているのか、ギラギラとした目が会沢の尻に釘づけになっている。ここまでくると会沢水兵は地獄の底に突き落とされるまで叩かれる。

その夜、会沢水兵は仰向けに寝ることができず、腹ばいになって、はーはーと息が荒かった。

山本水兵もその息使いが気になって、なかなか寝つかれなかった。会沢水兵は一晩中痛くて一睡もできなかったのではないだろうか。これが自殺に結びついたのは間違いない。会沢水兵はこれ以後ひどく落ち込んで、いつもびくびくしていた。とうとう、この二、三日は周りの誰とも口を聞かなくなった。かなり追い込まれていたのだろうか。

――考えてみれば、会沢水兵を追い詰めたのは教班長以外何者でもないではないか。味方であるべき日本人になぜ痛めつけられた上、殺されなければならないのか。立派な軍人を造るという名目なら人の命までとっていいのか。

会沢水兵は二十歳になったばかりなのにこの世から戸籍を消されてしまう。まだ人生の甘いも辛いも知らぬ内に。名誉の戦死などとは程遠い。

戦友清水水兵

「会沢もつらかっただろうなー。虫けらの扱いだったもんなー。半田教官を恨んで死んでいったべなー」

隣にいた清水水兵も会沢をかばい、情無用の教班長に怒りの矢を放った。目頭が涙でいっぱいになっている。気の強い山本も、ついもらい泣きになった。

こうして、二人して会沢水兵の優しさを語り、別れを惜しむ夕べになった。涙を拭きもせず山本水兵は、

「だけどさ、『ドラム缶』の奴は会沢水兵の首吊りを事件にさせまいと、通常の訓練どうりやっただけだって、さっきも言ってたな」

「山本、お前もそう思うか。奴は会沢が落ちこぼれだって言いふらして、罰を逃げ切ろうとしているんだんべえ」

「そうみたいだな。だがよ、本当のところ、会沢をあそこまで追い込んだのはあいつしかいないぜ。どっかでやり返したいよ。清水、まじで何かいい手があるかね」

仲間を殺られた怒りは、二人とも簡単には治まらない。どこかで仕返しをしたい気

分があふれていて爆発寸前である。

清水水兵がしばらく考え込んでいたが、

「そうだ、奴の洗濯物をかっさらって、便所にでも捨てんべー」

「うーん悪くはないが、小さいなー。奴はそのくらいじゃーびくともしないなー」

二人とも考え込んでしまった。新兵ごときが逆らっても高が知れている。

——どうも打つ手無しだな。

積もり積もった怒りのはけ口が見つからない。こうして、清水水兵の後押しが出口の見えない山本水兵をいくらか慰めてくれる。

清水水兵は千葉県銚子の出身で、漁師の長男坊だが、漁師の倅にしては荒っぽさがない。入営するまで銚子港魚市場の事務員をしていたという。親の跡を継いで漁師にはならなかったみたいだ。清水は人がいい。それだけに優しいところがある。息苦しい訓練の中で唯一温かみを受け取れる相手である。

「あいつは、新兵なんか、自分のいいなりになる飼い犬と思っているぜ。この間も『お前らの命はこの俺がお国から預かっているのだ。それを俺は一人前になるよう身体を張っているんだ。俺の言うことを聞いていればお前らはりっぱな軍人になれるんだ。恥をかかなくても済むんだ』だとさ」

清水水兵が『ドラム缶』をののしった。

「飼い主に逆らうなってことかい」

　山本水兵も怒りをぶつけると、清水水兵も負けていない。

「うんだ、会沢は見捨てられたな。役に立たない駄目犬が混じっていたっていうところだべな。クソ野郎」

　山本水兵が相づちを打つと、清水水兵も勢いづいて、半田教班長をののしり続けた。

清水水兵は気持ちが昂ぶると田舎弁がちょろちょろと出る。

「あいつの面をひっぺ返したいぜ。『みんなに心配掛けた、すまん』ぐらい言えっていうんだよ。飼い主の手に噛み付きたいよ」

「あっはっは、その意気、その意気！」

　山本水兵も思わず清水水兵の激しいののしりにつりこまれた。

　横須賀海兵団に入って三ヶ月近くになるが、山本にとって、清水水兵は気の合う戦友である。そのきっかけになったのが、靴下盗難事件である。

　清水水兵の靴下が洗濯干し場で盗まれて、

「明日の持物検査に間に合わないよ」

　予備もないし、万事休す、と顔色を変えて隣同士の山本に助けを求め頼み込んできたのである。

「えーっ、そいつはやばいな。俺だって余分には無いよ」

清水水兵は弱りきった顔である。清水水兵に限ってまた誰かの靴下を盗み返すという悪玉男ではない。

「何とかならないかな」

「うん、そうか。何とかしよう」

清水水兵のためなら一肌脱いでもいいだろう。

「4教に東京出身の小沢っていうのがいるのがわかったんだ。後から抜け出して聞きにいってくるよ」

「うん、ありがたい。頼むよ」

清水水兵が手を合わせて拝むようにした。山本は班員が寝静まるのを待って、そーっと起きると、渡り廊下に出て4教の部屋へ忍び込んだ。

奴はどこだ。顔を近づけて一人一人確認してやっと見つけた。

「おい、小沢」

と言いながら、軽くゆさぶると、

「うーん、なんだ」

暗い部屋なので、小沢水兵は誰なのか飲み込めないでいる。山本は小沢水兵の耳元に口を近づけると、

「俺だ。俺だ。3教の山本だ。ちょっと頼みがあって来たんだ」

「何だ、どうしたんだ」

寝入りばなを起こされたので、ふてくされ声である。

「小沢、悪いけど靴下を貸してくれんかね。俺の戦友で清水っていうのが、昨日靴下を盗られてね。明日の臨検になんとか間に合わせたいんだ」

「うん、そうか。今ここではまずいから便所で待っていろ」

「わかった」

あまり長い間ごそごそやっていると、誰かに怒鳴られるかもしれないので、小沢水兵も気を使っている。

山本が便所で待っていると、小沢水兵はすぐにやってきた。懐から、白い靴下を出しながら、「おお、山本、もってきたぞ」と言いながら寒そうな顔をしている。

「やーありがたい。ありがたい。しばらく借りていていいか」

「あー、いいよ。一足余分に持っているからな」

「いやいや、ほっとしたぜ。恩にきるよ」

「お前もなかなか人が良いところがあるな」

「やー、清水って言うやつは兄弟分だからなー。見て見ぬ振りはできんのよー」

借りにいったのに小沢水兵に山本は褒められてしまった。

――小沢にはいずれ何か礼をしなければいかんな。

山本はそんな事を考えながら、忍び足で自分の班に戻った。山本が清水水兵のハンモックに近づくと、待っていましたとばかりに顔を上げた。寝た振りをして待っていたのだ。山本が靴下をかざすと、清水水兵は拳を上げて、ガッツポーズを返してきた。この時の清水水兵の顔は、地獄で仏様に会ったという顔であった。

山本のお陰で、清水水兵はピンチを切り抜けることが出来た。

これが縁で二人の距離は急速にせばまり、なんでも話せる兄弟同様ともいえる親友になった。

名前が入っているにもかかわらず、隊内での洗濯物のかっぱらいは日常化している。持物検査に一つでも無い物があれば厳しい制裁を受ける。どんな弁明も効かない。だから盗られた水兵は余分になければ、制裁怖さに、他の班員の物に手を出すしかない。これでは次から次へ、質の悪い物盗り伝染病である。味方同士でも油断はできない。騙しあいの世界である。しかし、どうしても持ち物検査に間に合わない者が出てくると半田教班長は気が狂う。

「なんだとー、貴様、靴下を失くしただと！　畏れ多くも官品は天皇陛下から拝領したものだ。それを失くしただと！」

半田は精神棒を雨あられのごとく叩く。ついでに他の全員を並ばせて関係のない一人一人にまで、おまけの一発を叩いて見せしめにする。

清水水兵はそれ以来、何かと話しかけてくる。

「山本、４教の小沢にはぜひ会わせてくれよ、礼を言いたいからな」

「ああ、そのつもりでいるよ。だけど冷や汗ものだったな」

「そうよ、お前のおかげで、尻が腫れずにすんだよ。わっはっはー」

清水水兵は晴れやかな顔である。

「小沢は東京のどこの出かね」

「うーん、あまり細かいところは聞いてないが、下町の葛飾みたいよ」

「そうか。東京出は気前のいい奴が多いな。山本、お前は親分肌なところがあるな」

「なんでよ、自分じゃーわからんけどよ」

「会沢の扱いを見ていて感じたよ。なかなか面倒見がいいもんなー」

「いやー別に格好つけてるわけじゃーないぜ。弱いものは助けあわにゃーならんぜ。俺は長屋住まいで飯の貸し借りは年中だったぜ」

「えー、飯の貸し借りまでしたんかい」

清水水兵は信じられないというような顔をして、

「東京もんは〝隣は何をする人ぞ〟と他人には知らん顔で冷たい人が多いと聞いたが、こりゃー、ちと考えを変えにゃーならんな」

清水水兵は東京出の人と初めて付き合ってみて、度胸もあり、その上優しさも併せ持つ山本という人間をすごく気に入っていた。

——これこそ本物の友人だ。

「ところで、お前と会沢は家が近いみたいだな」

「うん、近い、近い。だけどあいつの家は高級お屋敷町にあるのよ。あそこは俺みたいな長屋住まいなんか近寄れない町よ。だいたい育った世界が違い過ぎているのよ。あいつは上流階級で俺はペンペン草階級だよ」

「あっはっは、ペンペン草か。会沢は上流階級の若様だったのかね」

「そうさ。会沢四等水兵は行き場所を間違えたのよ」

会沢水兵の死で海兵団がとった処置に二人は深い疑いの目を向けた。労わりの心が全然ない。上官はただ強くなれ、強くなれ第一主義で、付いていかれないものは切り捨てる。人の命など一枚の木の葉程度にあしらわれる。理屈が通る世界ではない。でかい声で腕力にものをいわせようとするヤクザの世界と似たり寄ったりだ。ここは奴隷部屋だぜ、と思うと何か悲しくなる。戦局が厳しくなると味方を庇っている余裕もなくなるのか、すでに上官は会沢水兵なんて言う奴が居たっけなんて顔をしている。

初恋

「ところで山本、お前は軍靴を作っていたって聞いたけど、面白そうだな」

訓練後の休息時に清水が聞いてきた。

「うん、良く出来上がったときは気分がいいね。前に少し話したけど手作業が割合多い仕事だから、腕の良し悪しで出来上がる数が違ってくるね」

「何年ぐらいやったんかね」

「二年ほどだな。まだ半人前よ」

話が弾んできた。

「山本、お前も柔道やっていたって聞いたけど、半田に他流試合でも申し込んで、投げ飛ばしてくれよ」

清水水兵が冷やかしてきた。

「馬鹿いうな、殺されちゃうよ。段を取るより、運動不足をカバーしようと近所の道場に通ったわけよ。遊び半分さ。半田の敵にはなれんよ。靴屋は一日中座っていることが多いんで、身体がなまっちまうんだ。だけど柔道は腹が空くぜー　このご時世だから一番こたえたよ」

「わかる、わかる。俺だって手漕ぎの漁船ぐらいなら親父から習って漕げるさ。腹が空くのは同じさ」

「それより清水、会社の中に別工場があってさ、そこは陸軍の野戦用の帽子を専門に作っていたんだよ。そこは女工さんばかりでね」

山本が意味ありげに語りだすと、

「おっ、いい娘でもいたんかね」

清水水兵がまた冷やかしてきた。

「うん。いたんだけど、最後は入営で時間切れっていうところだな」

「ほう、どういうわけでさ」

清水水兵がとぼけ顔で乗り出してきた。

「その娘、事務所で事務をしていたんだけど、スカートを履いていたんだよ。いまどき大概の娘はお下げ髪に『モンペ』じゃないか」

「そうだよな。そんな度胸のある娘がいたんかね」

「うん、まじでいたんだよ。朝の通勤のとき、急ぎ足で俺を追い越していった娘がいたんだよ。あっ！　このスカートの娘、工場で見かけたぞってね。なかなかモダンで格好いいんだよ。都会風の女というところだね。モンペ姿の女工さんばかり見慣れているから、日本人離れという感じだったな。その娘も同じ門をくぐったんだよ。それからその娘が気になってね。スカートは贅沢には違いないが、けちをつける気にはなれなかったな」

「そうか。スカートはよほどの金持ちか、世間様の悪口なんか気にしない、太っ腹のご婦人しか履いてねーからな」

清水水兵も興味津々と言う顔である。

「この戦時にスカートの娘ってどういう娘なのか気になってね」

「うん、そうだろう」

「ある時、その娘が工場近くで前の方を歩いているのを見つけてね。急ぎ足で追い越しながら軽く会釈したら、相手も会釈を返してきたのよ。その時微かに香水の香りが鼻をくすぐったのよ。そのまま同じ門に入って右と左に分かれたんだけど、よーしやったぞーって、身体がぞくぞくしたのを覚えているよ」

「ほおー、いよいよ始まりだね」

「数日後また出あったので、通勤の道が同じなら、案外近くに住んでるなって、思い切って、『お早ようございます。どちらにお住まいですかって』聞いたんだよ」

「ほう」

「そしたら、隣の和泉町だったんだよ」

「うん、うん」

「私は山本といいます。方南町です。隣の軍靴工場に勤めています」

って自己紹介したら、

「あら、方南町なら中学の同級生がたくさんいるわ」

ってなわけで、話が調子よくつながったのである。

山本水兵のおしゃべりも熱が入って来た。珍しく兵舎の中にいるのを忘れさせてくれる。

「それから、通勤が楽しくてね、気軽に挨拶するようになってさ」

「うん、それで」

「その娘、特別美人じゃなかったけど、いまどきスカートを履いてるから良家の娘さんかな、と予想したんだけど、当たっていたよ。かなりでかい家に住んでいるのが分かったんだ」

「遊びに行ったんか」

「いや、番地を聞いたんで、休みの日に散歩しながら見に行ったんだ」

「ほう、やっぱりな」

清水水兵も納得したみたいだ。

「だけど彼女は格好よかったたな」

山本は忘れられないという風情である。

「斉藤恭子さんって言うんだけど、気になっていたスカートの事を聞いたのよ」

「うん、そうか」

清水水兵が乗り出してきた。

ある朝のことだ。

「スカートのことで何か言われませんか」

って歩きながら何気なしに聞いたんだよ。そしたら、

「その事なんですけど、口惜しいったらないのよ。この間、現場の班長がわざわざ事務所までやってきて、私のスカートを指差して、『斉藤君、贅沢は敵だよ』って、きつく言うのよ」

と怒りがにじんでいる。

「それでどうしました」

続けて聞いたんだよ。そしたら、

「班長には言い返せないで、じいっと我慢したんですけど、家へ帰ってからお母さんに話したら、〝女がきれいでいるのが何で贅沢よ〟って言われたんです。職場でも変な目で見る人もいるんで、私も悩んだんですけど、やはり続けることにしました」

「ほう、頼もしい斉藤一家ですね」

山本は少し斉藤さんをおだてた。

「あぁーうれしい。ほめてくれるのは山本さんだけよ」

沈みがちだった斉藤恭子さんの瞳が輝いた。彼女の職場ではスカートを白い眼で見るものもいるが、会社の上層部に彼女の親戚がいるせいか、事務所の連中には、あからさまに非難する人はいないらしい。現場の班長がわざわざ乗り込んできたのは、大勢の女工さんを抱えている手前、悪い見本は見逃さない、というわけだ。

にもかかわらず、恭子さんも意地になってスカートを履き続ける気構えでいる。芯は一本通っているのだ。

「贅沢は敵だ、欲しがりません、勝つまでは」という宣伝を毎日、聞き飽きるほど聞いているが、女の子のスカートはモンペにお下げ髪なんかよりはるかに女らしい。恭子さんは美しい。この誘惑に山本はよろめいてしまった。

「恭子さんもスカートを続けて欲しいですね」

山本も精一杯援護してしまった。斉藤さんと言わないで、初めて恭子さんと親しげに言った。相手の気を引こうとしたのかもしれない。

その時、山本には斉藤恭子さんの目がきらりと光ったように見えた。

「山本さんてそういう人だったんだ」

恭子さんの表情に恋人を見つめるような光を感じた。

山本にとって気の通じ合う女友達ができたのでは、と思わす一瞬であった。身体がぞくぞくと燃え出すのが分かるほどだった。

その一方で山本にとってもう一つ忘れられないのは、斉藤恭子さんという娘さんを通して、世の中には度胸のある人がいるのを知ったことだ。お上に逆らえば戦争非協力で警察ざたになるかもしれないのだ。

「清水、まーこんなところが荒筋よ」

「えー、まだ最後の話を聞いてないぜ。その娘の手でも握ったんかね」

「あはっは、これで終わり」

「なんでよ」

あるとき、

「近い中に横須賀の海兵団に入団します」って、彼女に話したら、

「あー、いやだ。知ってる男性がみんないなくなっちゃう」

って、下を向いちゃったのさ。

「そこで手でも握んなかったのか」

「恋は時には人を臆病にするともいうじゃない」

「ばか言え！　その反対だ」

清水水兵がむきになった。

「まー、これから出征する身では思うようにならんかったのよ」

山本がため息をもらした。

「うん、哀しい話だな。もったいないよ」

清水水兵が惜しんでくれた。

こうして山本勝也の初恋はあっけなく終わった。

父親の幼友達が山本宅へ来訪

勝也が海兵団に入団することが決まってから、中野の家に加藤敏さんという親っさんの幼馴染が訪ねてきた。

勝也が笹塚の勤務先の靴工場から仕事を終えて帰ると、玄関に見馴れぬ軍靴が脱いであった。もう夜の八時を回っていた。

「ただいま」

「勝也か」

六畳の居間から親っさんの声が掛かった。

「はい、勝也です」

「中へ入れ」

静かにふすまを開けると、知らない年配の男の人がお膳を前にして、親っさんと一杯やっている真っ最中であった。酔いで赤い顔をしたその人は、にこにこと勝也を見上げると、

「やー、突然にお邪魔してます。加藤です。勝也君っていったっけ、今度、横須賀海

軍に入営するんだってね」

「はいそうです。はじめまして、勝也です」

加藤さんはちょび髭など生やして、身体もごつい。百姓ではないな？　勝也にはこの人がどんな商売か読めなかった。

直ぐに親っさんが紹介してくれた。

「まー座れ。加藤敏ちゃんはお父さんの中学校の同級生なんだよ」

「そうでしたか」

勝也は畳に座りながら返事をした。

「ところで勝也君は中々いい身体しとるね」

「はい、少し柔道をしてたもんで」

「段ぐらい取ったのかね」

「いやー、段といっても初段ですよ」

「ほう、たいしたもんだ」

親っさんが話を引きとった。

「今度、草津の六合（くに）村に鉄鉱山の鉱山会社が出来るんだってさ。敏ちゃんはそこの現場監督になるんだってよー」

——そうか、現場監督ね。勝也も合点がいった。それにしても草津辺りから鉄が出るとはねー。

「敏ちゃん、今晩は家へ泊まっていけ、いんだんべー」

と、親っさんが加藤さんに勧めると
「そうさせてもらうと有り難いよ」

幼馴染の好意を当てにしている。

「明日は渋川へ寄っていくんかね」

「いや、草津まで直行よ。操業開始間近なもんで遊んでる暇なしさ」

加藤さんの田舎は親っさんと同じ渋川なので、自宅でくつろぎたいところだけど、寄り道なんかしていられない。

親っさんの話しっぷりからすると、加藤さんとはかなり仲が良かったみたいだ。

親っさんは勝也に目を向けると、

「敏ちゃんは、わざわざ東京まで人探しに足を運んできたんだよ。鉱夫が足らんでよ」

男手は戦地に取られてどこでも足りなくて引っ張りだこだ。

「加藤さん、東京で鉱夫はいくらか集まったんですか」

勝也にも草津の鉱山会社には興味がある。

「いいや、小石川の勤労動員署まで行ったがな、徴用工をまわしてもらう手はずは打ってきたよ。田舎では人が集まらんで参ったよ。若いもんは無理でも、五体満足なら歳は気にせんよ」

「それにしても現場監督がなんで人集めまでするんだべ」

親っさんがちょっとした疑問をぶつけると、加藤さんは、

「それよ、それよ、実は労務担当が軍に召集されてよ、急遽わしにお鉢が回ってきたのよ」

加藤さんは酒に酔っても仕事、仕事って顔である。

「素性の判んない前科者もけっこう飛び込んで来るよ。まあー〝窮鳥懐に入れば猟師も殺さず〟って言うところさ。だまって入れてるけんどね。今時そんなこと気にしてちゃー商売にならんのよー、ワッハッハー」

加藤さんは笑い方も遠慮がない。

「まだ本格的に仕事は始まっていないいんだんべー」

親っさんが質問すると、

「そうさ、今は試験掘りの段階で人集めに大忙しさ。来年一月早々戦闘開始さ」

加藤さんはやる気満々である。

勝也は加藤さんの名せりふに聞き耳を立てた。

〝窮鳥懐に入れば猟師も殺さず〟

なかなかこの人、太っ腹で、味のあること言うな。

「最後の手はあるんだけどね。いよいよ足らんところは朝鮮人を回してもらうんだよ。勤労動員署ではこれしか手は無いだろうといっていたがな」

「はあ、そうですか」

勝也が聞いてみた。

「加藤さん、その鉱山は草津の温泉街から近いんですか？」

「まー近いやなー、温泉街から歩けば三時間はかかるかな」

「はー、だけど不便なところですね」

加藤さんがそれを受けて、

「いやいや、もう心配いらんのよ。渋川から長野原まで鉱山専用の貨物線が出来たんだよ。長野原から太子までは引込み線でね。そこから鉱山まではケーブルで運ぶのよ。来月初めには開通予定だよ」

自信ありげに答えた。

「ほう、それは知らんかったな」

親っさんも長野原貨物線が開通と聞くのは初耳だったみたいだ。

鉄は日本帝国が喉から手を出したいほど欲しい一級品である。鉄のためなら金など惜しんではいられない。東京辺りに住んでいる親っさんが知らない間に貨物線が出来てしまってても不思議ではない。

親っさんも興味津々と言う顔である。

「鉱夫は足りないようですけど、素人でも勤まるんですかね」

勝也も一緒になって質問攻めである。

「とりあえず、露天掘りだから、体力があれば直ぐ慣れるよ。いまどき熟練工なんざどこを探してもおらんから、素人大歓迎さ」

「穴倉に入らないで済むんかね」

親っさんも釣り込まれる。

「そー、だけんど、埋蔵量はそれほどではないようだな。鉄鉱石の質もあまりよくないようだがな」

新鉱山の開業を前にして加藤さんの意気込みに親子は引きずり込まれた。

「掘り出した鉱石は何処まで運ばれるんですか」

「うん、六合の炭鉱から太子までは空中ケーブル線で運んでね、そこから今度できる貨物線に積んで、渋川まで出るんだがな。そこから先は京浜川崎までだね」

「いやー、川崎まで運ぶんですか」

加藤さんは鉱山の話になったら止まらないという感じである。

鉱山の話が一段落すると、田舎の話に繋がった。

「渋川の方はどうだんべ」

親っさんが生まれ故郷のことに話を向けると、

「んだ、百姓は女と爺、婆ばかりよ。ここんところ東京からの食い物の買出しが増えてな。だが今時、金じゃー米もさつま芋も売らんのよ。物々交換よ。主に着物や衣類だがな」

親っさんも目を細めてうなずいている。

「わしのところも闇屋から米やさつま芋は買っているがな」

「育ち盛りがいれば配給だけじゃーとても腹はふくらまんからな。まして柔道でもやってれば底なしだんべ」

加藤さんもそう言って、勝也の方をちらりと見た。

「早速だがお前も飲むか、敏ちゃんの土産だ。群馬の地酒、『赤城山』だぞ」

親っさんがいきなり、貴重品だぞっ、てな顔をしてお銚子を勧めてくれる。

「ほんと」

何しろ酒なんて滅多にありつけない。勝也はニャッとしてお猪口をつまみ、『赤城山』を注いでもらって、一口なめると、

「うーん、やっぱりうまいなー」

「生意気なことを言うな」

親っさんにたしなめられると、三人でどっと大笑いになってしまった。

この夜の宴はうまい酒が入ったこともあり、夜遅くまで、笑いが絶えなかったのを覚えている。

後々、この加藤さんとの出会いが、思いもかけず生きてくるのだ。

新兵訓練後半

新兵訓練の後半は何事もなかったかのように、半田の精神棒と上官のパンチの嵐の中で、休みなく続けられた。

しかし、三月に入って思わぬ事が起きた。半田教班長が首になり、後任に今井軍曹が前ぶれもなく教班長としてやってきたのである。

今朝は見慣れない下士官が来たなと思っていたら、

「本日より、半田教班長の後任として3教班長に任命された今井軍曹である。分かったな」

と言うではないか。

「はいっ、わかりました。よろしくお願いいたします」

と新兵達が揃って答えたが、みんなエッ！　ほんとかよってな顔をしている。前の半田よりいくらか優しい感じだけど。

新だけどこれはうさん臭い。半田を何食わぬ顔で引っ込めて、罪を消してしまい、新兵の不満を未然に摘み取る当局の高等作戦ではないか。山本水兵だってそのくらいは見抜ける。

一日の訓練が終わると、新兵たちが騒ぎ出した。

「山本、おめでとう。やったなー」

半田教班長は新兵共通の敵であった。敵が消えたのは万歳である。早速、清水や同僚達が鼻をふくまらせて山本に握手を求めてきた。

山本も握手を返しながら、

「顎を殴られた甲斐があったよ」

と、にやにやしながら答えた。ただ、清水にはほんとうのことを話したかった。

「後で少し話がある」

傍にいた清水水兵は小さくうなずいた。

皆が寝静まったのを見計らって隣の清水にささやいた。

「清水起きているか」

「おう、なんだ」

清水水兵は眠った振りをしていたのか、ハンモックから静かに起き上がった。

「さっきの半田の件だけど、実は芝居を打ったのさ」

「えっ、なんだって」

清水水兵が思わず大きな声を出した。周りを見回したが誰も動いた気配がない。

「殴り倒された時、気絶した振りをしたんだよ」

清水水兵の両肩が思わずのけぞった。

「あははっ、ほんとかよ。お前もおとぼけだな。面白いよ。気に入った。だけど様になっていたぞ」

「そうか、まともに向かっていっても勝てる相手じゃないだろ。とっさに思いついた奇策を使ったのさ」

「そうだったのか。お前が目を覚まさない時は、これはやばいと思ったぜ」

「ありがとう。心配掛けたな。ところで半田の奴はどこへ配属変えになったんかな」

「うーん、そのうちに解るだろう。なにしろしぶとい奴だからな」

「どこの出なんだ」

「神奈川の鶴巻だって先輩が言っていたな。だけんど殴られ損だったな」

「まー、終わり良ければ全てよし、といこう」

「そうだ、そうだ。それでいこう」

二人は今日の半田教班長交代劇に満足しながら、気持ちよく眠りについた。

会沢水兵は事故死として片付けられたようである。恒例の訓示の時、会沢水兵の件で分隊長の説明があった。それによると、

「海兵団新兵教育隊には何の落ち度もなく、訓練は立派な軍人を造る上で通常から行

われていた範囲のものである。気の毒であるが、会沢水兵は、軍人には向かなかった」として新兵たちには説明された。だが、半田教班長の交代には一切触れなかった。

訓練が終わると山本水兵がぷりぷりとして、

「おかしいぞ、軍人に向かなければ、死んで放り出しても構わないってことかい。会沢は犬死かよ。下手すりゃ俺たちだって同じ目にあうぞ。それに半田の罪を隠しやがって。罪に蓋はできても、消すことはできないぞ。半田は痛くも痒くもないぞ！」

逆らっても、びくともしない軍の規律に、新兵は空しいため息を繰り返すしかないのか。

清水水兵も珍しく大きな声をあげた。

「会沢は味方に殺られたんだぞ」

これからハンモックに入ろうとする近くの班員がその声に一斉に振り向いた。清水も開き直ったと言う感じである。清水は会沢の死を諦め切れず、会沢と交わした生前の話を始めた。

「会沢の奴さ、中学校の体育の時間が一番嫌いだったんだってさー。だけど数学や国語は学級で一番だったたって得意がっていたぞ」

清水水兵の涙が流れっぱなしになっている。

「そうか、あいつも身体が丈夫なら四等水兵なんかにならずに済んだのになー」

山本も会沢の運の悪さに同情した。だが、会沢の物知りには常々頭が下がっていた。『物知り先生』のあだ名をつけてもおかしくないと思っていたほどだった。計算事はずば抜けて速かった。だが、会沢水兵は運動神経はさっぱりで、軍事訓練は大の苦手。訓練が始まると真っ先に精神棒で叩かれるのはいつも会沢水兵であった。特に半田からは目の仇にされた。あれだけぶちのめされれば、頑丈な奴でも壊れてしまう。

——会沢は温室で大事に大事に育っただけに、踏みつけられると、直ぐ枯れてしまったな。俺みたいな雑草の方がしぶとく生きられるかもな。

「ところで、清水、お前は大丈夫だよな」

「なにが?」

清水が聞き返してきた。

「便所で首なんて吊るなって事よ」

山本にとって、気の優しい者は要注意である。清水も戦友の思わぬ死に落ち込んでいたが、苦笑いしながらかぶりを振って、

「うん。大丈夫さ、俺は会沢ほど気弱ではないからな、心配すんな」

「それを聞いて安心したよ」

とりあえず清水は耐えられるようだ。俺は味方にだけは殺されたくない。

山本水兵は会沢の自殺以後、すべての上官に対して敵愾心すら湧いてきている。

教班長をはじめ上官たちは会沢に向かってまともに「屑だ」といった。屑なら使い捨てにしてもいいのか。会沢は軍人には向かなかったが、頭も切れるし、気立ての優しい青年だった。使い方次第で別の生き方もあっただろうに。そんな願いが通用するご時勢でないことはわかっていたが、会沢を殺した上官への怒りはますます高まってくる。

冥土へ去ってしまった命は二度と帰ってこない。こんな時代だからいずれ俺だって遅かれ早かれ死と向き合う時がやってくるだろう。前線では玉砕による部隊の全滅が急増している。新兵にもそういう情報は自然と流れてくる。死が刻々と近づいてきているのを感じる。

だが、山本水兵は、会沢水兵のようにむごい死に方だけは止めようと考えるようになった。国のため命を捧げるのが立派な生き方と思い込んでいた軍国青年の一人だったが、今やそれも空しくなってきた。なにも六十、七十まで生きなくてもいい。人生をもう少し先まで延ばすんだ。嫁さんをもらって何が悪いのだ。

そう思った山本水兵の頭の中にはスカート姿の斉藤恭子さんの輝いた瞳がちらついていた。

「今頃、恭子さんはどうしているのかな」

山本水兵の心の中は穏やかになり〝どうやって死ぬか〟ではなくて〝どうやって生

きるか〟に向きが変わってきた。こんな考えは今時の世間様から見れば、見過ごすことの出来ない敵性軟弱分子である。山本は逃げたくてうずうずしてきている。

用心深くするのはいいが、怖気づいたんでは何も生まれない。思い切って行動を起こす時がきたようだ。軍人精神など、どうでもよくなった。山本水兵は、

「俺の好きなようにさせてくれ！」

と開き直って海軍に絶縁状を送る気になってきた。

会沢水兵の死から一週間ほど経ち、晩飯も済んで、やっと自分の時間が取れた時の事である。方南の親っさんに葉書でも出すか、なんて考えていたら、隣の清水が真面目くさった顔で寄ってきて、小声で耳打ちしてきた。

「山本、知っているか？　わが海軍がレイテ沖の海戦でメタメタにアメリカにやられたらしいぞ」

「えっ！」

「大きい、大きい。しーっ」

清水水兵が自分の口に人差し指を当てた。山本も頷いて、声をひそめた。

「そうなのか。初めて聞いたぞ。そいつは天下の一大事じゃないか。ところで清水、そんな話、何処で仕入れてきたんだ」

清水水兵はさらに小声になって、周りにちらと目をやった。もうみんな寝ている。

「前にちょっと話しただろう。小学校の松田先輩がここの海兵団に偶然いたのを」

「聞いた聞いた」

山本の目が光った。これは胸が震えるような情報だ。

「松田先輩は通信室にいて、情報がいろいろ入るみたいだが、絶対他人には喋るなって言われてたんだが、お前なら心配ないからさ」

「ありがとう」

清水水兵の気遣いは、山本にいい戦友を持った喜びを味わせてくれた。

――清水はいい奴だなー。

「詳しく言えばな、十月末に南方のレイテ沖で我が方の艦隊とアメリカの大艦隊との海戦があったのは知ってるよな」

「うん知ってるとも」

「これが天下分け目の戦だったみたいよ。我が方が大損害を受けたんだってさー。戦艦をはじめ、航空母艦や大型船はこれで無くなったんだってよ。松田先輩はかなり、がくんときていたな。だけど大本営によると、敵に大損害を与え、味方の損害は軽微との発表なんだぜ。ほんとのところどうなっているんだろうなあ。どっちを信用すればいいのか迷うぜ」

「うーん、これは参ったな」

山本も松田先輩の内部情報を信用したいが、あまりにも大本営の発表と落差がありすぎる。大本営は何か隠しているのか。松田先輩の話が真実で、本当は挽回できないほどの損害だったのだろうか。山本水兵は戦局の行方が気になりだした。

この戦争に日本は本当に勝てるのか。自信があったら隠す必要もないだろうに。もう一つ気になるのは、敵味方の最前線が日本本土に急に近づいてきたことだ。敵の本土に向かっているのではない、押しこまれているのは間違いない。

レイテ沖の負け戦辺りから、日本の軍隊は雪崩を打って坂を転げ落ちているようだ。もっと情報が欲しいが、どうしたらいいのか。

二十歳になったばかりの山本水兵はもう立派な大人である。

「籠の中の鳥じゃーあるまいし、外の世間を知りたいよ」

どうせ死ぬ身だからと思っていた時は、明日のことなどどうでもいいと考えていたが、〝生きよう〟と開き直ってみると日本の戦局の行方がやたらと気になりだした。

山本水兵に確信をあたえる事件が起きた。アメリカB29爆撃機による東京初空襲が十一月の二十四日にあった。横須賀も空襲警報で臨戦体制に入った。新兵達は戦闘配置に付き、とりあえず防空壕の近くで、はるか上空を飛んでいくB29敵編隊を見上げた。日本軍は高射砲を撃ちまくっているが、敵機のはるか下で煙幕がパッパッと出るだけで、弾はB29爆撃機まで届いていない。敵機は、我が物顔で、何事も無くゆうゆうと東京方面へ飛び去ったのである。新兵たちはこれを防空壕の脇でイライラしながら見ていた。

横須賀海兵団の敷地の中にもシートをかぶった高射砲があったが、或る時、山本がそっとシートをめくって、あっと驚いた。なんと木製ではないか。何でそんなことをするのか未だもって分からない。当然、敵機を目の前にしてもシートをかぶったままである。

松田情報以来、勝った、勝ったという大本営発表はうさん臭いと、思っていた山本水兵の疑いは、

「うーんこれで、やっと解けた」

わかったぞ。軍部は負けているのに、勝った振りをしている。首都東京に爆撃に来た敵機すら撃ち落とせない。敵はやりたい放題だ。力の差はあまりにもはっきりしている。

山本水兵は事態を冷静に掴んだ。これが今の日本軍だ。大本営の猿芝居じゃないか。山本水兵の疑いは確信に変わった。山本はこの気持ちを、抑えきれなくなった。どうしても清水水兵に伝えよう。

その晩、ハンモックに入ろうとした清水水兵に、

「おい、清水、後で少し話がある」

「うん、わかった」

改まった山本の態度に心配顔の清水水兵が今井軍曹が去るのを待って起き上がってきた。

「どうしたんだ」

山本は清水水兵のハンモックに身体を近づけて耳打ちした。

「日本はこの戦争に負けるな」

「……」

清水水兵の顔が、〝えっ！〟という顔で硬ばった。

「どうも、そうとしか思えないんだ。この間の東京空襲でよーく判ったよ」

黙ってじーっと聞いていた清水水兵が重い口を開いた。

「うーん、お前の気持ちはよーく判るよ。だが気をつけろよ。もし、こんなことがばれたら会沢どころじゃないぜ。重営倉だぞ、お前は思い切った事をやるたちだから、かっかすると何をするか判らないところがあるさ。用心、用心」

清水水兵が耳元でかぶりを振った。清水水兵の心配は、山本が何か思い込むと、じーっとはしていられない性格だということをよく知っているからだ。

「うん、分かってる。お前に迷惑をかけるような事はせんよ」

清水水兵だって日本の高射砲隊の不甲斐なさを見届けたんだが、それを表に出すことはしない。やはり恐いのだ。

裏を覗いてみると、弱り切った日本帝国が見えてくる。そんな奴らと心中はごめんだ。やり場のない怒りが山本の胸からあふれそうである。

「さー早く寝ろ」

清水水兵が急かせてきた。山本水兵は黙ってハンモックに入ったが、先が読めなくなった。戦争に負けるというのはどういうことなのか絵に画けない。兵隊は両手を挙げてアメリカに降伏したら許してくれるのか、それともみな牢屋に入れられるのか、日本人そのものはどうなるのか、なんて考えていると、悶々としてなかなか寝付けない。出口の見えない暗室の中で同じ道を行ったり、戻ったりを繰り返してもがいている。

――命を捨てることだけは止そう。だが、どのように生きたらいいのか。

うつらうつらしていたが、そのうち深い眠りに入ってしまった。

この数日はもやもやとして気持ちの晴れない日が続いていたが、突然大ニュースが舞い込んで来た。

「新兵として百日経ったので、三日間の休暇が決まった」

との事である。

「やったー」

山本水兵も清水水兵も思わず万歳をした。三日間の休暇が正式に決まった時、分隊長から説明があった。分隊長はメモを見ながら、

「わが分隊の1班から4班まで1組とし、5班から8班まで2組、9班から12班までを3組とする。各組は十一月二十日から順番に休暇を取る。いいか判ったな」

みんな浮き浮きとして聞き流している。

「いいか貴様らに言っておくが、間違っても帰隊しない奴が出ないようにしろ。判ったな。帰隊しない時は、逃亡罪で、重罪だぞ」

くどくどと説明した。

「ハイッ！　判りました」

分隊の全員が大きな声で返した。勿論、山本水兵もその中に入っていた。

さて、山本水兵にとって最大の山場がやってきた。このチャンスを逃がせば、生きる望みを自分で潰すだけではないか？

毎日が地獄とは、この兵舎の中にこそある。

「立派な水兵になれ」

と教班長や上官の誰もが口を酸っぱくして、怒鳴りまくる。最後にピンタのおまけつきである。

「俺たちも、こうやられて一人前になったんだ」

ピンタは上官たちの挨拶代わりだ。その上、精神棒で十回も叩かれたら、尻が腫れて熱が出るのは当たり前だ。山本だって『返事が小さい』というだけで二、三発尻に食らったが、痛くてうつ伏せで寝る破目になった時もある。山本水兵も会沢水兵と同じ目にあっているのだ。だが、それを我慢すればいい水兵になれるんだ。と思い込んでいた。だから耐えられた。

しかし、レイテ沖で日本が惨敗したとなれば話は別である。

――軍隊にいるかぎり日本中何処に居ても殺られる。

新兵訓練終了後、新兵はどこかの小さな艦船に配属されるらしいが、山本がうっかり船に乗れば、アメリカ潜水艦の魚雷でドカーンなんて事が十分ありうる。そんな犬死はしたくない。

「日本の近海には敵の潜水艦がうようよしているぞ」

と、清水水兵が松田先輩から聞き込んできている。

そういえば入営前に南方のガダルカナル島が陥落し、アメリカの手に渡ったとの報道があったが、無敵帝国にもたまには取りこぼしはあるさ、ぐらいにしか思っていなかった。だが、これは雪崩を引き起こす前の雪の一塊だったのだ。そんな負け戦が続けば、大本営発表に、はいそうですか。といって頷くのは阿呆臭い。もう右から左に聞き流しだ。山本水兵は開き直った。

明日は待ちに待った休暇の日だ。我が班は十一月二十五日から二十七日までの三日間が割り当てられた日数で二十七日の五時までに帰隊せよとの命令だ。

腹を決めなければならない時間は刻々と近づいている。山本水兵には未だ迷いもある。脱走といっても、逃げ切れる見通しがあるわけではない。ただ逃げたい一心なのだ。

――憲兵や警官どもの追っ手からどうやって逃げるか……、どうやって食いつないでいくのか……、どうやって寒さを凌ぐのか……。

考えたってうまい手があるわけではない。山本勝也はハンモックの中で、もんもんとしていたが、ふと海兵団入団の直前に杉並の我が家へ泊まりに来た加藤さんの顔が浮かび上がった。

――そうだ、加藤さんがいたよ。何で早く気がつかなかったのかなー。よしっ！　道が開けてきたぞ。

山本水兵は思わず握りこぶしをして、ニヤッとした。加藤さんの〝窮鳥懐に入れば猟師も殺さず〟という、ことわざもまだ耳に新しい。これは頼ってくるものは誰であっても見捨てないという暗示ではないか。

――だが、待ってくれよ、親っさんの幼馴染をもめごとに巻き込んでいいのかなー。脱走兵をかくまえば、同罪で監獄行きだ。加藤さんに『それだけは出来ん』と言われたら万事休すだ。

「まー当たって、砕けろ」

もう、それしかない。くよくよしたところで他に逃げ道はない。とにかく逃げるだけ逃げてみよう。アメリカの爆弾で犬死するよりはましだろう。

よし！　腹は決まった。明日、営門を出れば帰りの道はなしだ。もう迷いはない。

山本水兵は、一生を左右するような決断を下した。

山本勝也四等水兵の神経と身体はハンモックの中で、こちこちに硬ばっている。寝た振りをしているが、寝るどころではない。このチャンスを逃したら万事休すだ。

先ず、目立つ水兵服をどこかに捨てなければならない。水兵服のまま逃げるわけには行かない。私服に着替えるには、やはり、一旦杉並の自宅に帰らなければならないのか？　食い物だって持てるだけ持たなければならない。何処に行ったたって食い物なんか売っていない。親っさんにはどうしてもこの事は打ち明けなければ逃げ切れないのか。

だが、これは親っさんを巻き込むことになる。どうも気が進まない。

うつらうつらしているうちに、夜が明けてしまった。今朝の空は曇っているが山本の気分と同じだ。今まで溜め込んでいた悪夢は纏めて兵舎に捨てていこう。

脱走開始

朝の八時に何食わぬ顔で外出許可書を衛兵に差し出した。

「山本四等水兵外出させていただきます！」

外出許可証を渡すと山本水兵はわざと衛兵に大声を出した。芝居は上々だ。

「よし、通れ」

衛兵はあっさりと営門を通してくれた。当たり前なのだが、緊張しているせいか、身体がぎこちない。変な顔を見せてはならない。

営門を離れれば離れるほど、緊張が解けて足取りも軽くなる。天気はよくないが、思わず鼻歌が出る。

「♪♪　歌を歌えば靴がなるー、晴ーれたみ空に靴がーなるー……」

暮れもおしせまってきたが、寒さも気にならない。落ち着いてくると分隊長の声を思い出して、

「馬鹿者め」

と一人ごとを言う。

「必ず帰隊しろ、いいか」と新兵に念を押すのは帰隊しないものが、以前に出たということなのか、興味が湧く。

朝の八時半に横須賀港の埠頭で清水水兵と待ち合わせている。埠頭に着いた山本は沖合いに目をやった。

猿島の前を小型の輸送船が白い波をあげて通り過ぎようとしている。見慣れている横須賀の軍港の風景だ。

——今日で見納めになるかな……。

山本水兵は三ヶ月余りの軍隊生活を振り返って、

——一日が精神棒の一発で始まって、ビンタで終わったな。飯を食う時と寝ている時だけが生きた心地がしている時だったな。

と苦笑いした。

遠くの方から清水水兵がすっ飛んできた。笑いが止まらないと言う顔である。籠の中から飛び出してきた鳥と同じだから無理もない。

山本は清水水兵にだけは、今の心境を打ち明けようと、待ち合わせ場所に横須賀港の埠頭を選んだ。二人が駅などで一緒に居るのを仲間に見られると、後で清水水兵にとばっちりがいく。

清水水兵は山本水兵が何で待ち合わせ場所を埠頭なんかにしたのか、深いわけがあるのだろうと察した。

朝の人影もまばらなコンクリートの堤防に二人並んで座り、海を眺める。清水水兵の輝いている横顔をちらっと見ながら、山本水兵は告白した。

「俺、ここを出たら帰隊しないつもりだ」

「やっぱりそうか」

清水水兵が予期していたという返事をした。

「見通しはついたのか」

自信なげに山本は答えた。

「まったく無いわけではないが、賭けに近い」

「そうか、山本も命がけの道を選んだな」

清水水兵の心配は、山本水兵が逃げ切れるか、どうかである。脱走して捕まった話は先輩たちから聞かされるが、逃げ切ったなんて話は聞いたことがない。

「清水、もう二度と会えんかも知れんな」

山本が珍しく弱音をはいた。

「いや、大丈夫だ。うまく逃げろ。お前なら案外逃げ切れるかも知れんな」

「どうして？」

「お前は神経は図太いけど、行動は用心深いからな」

「ほんとかよ、清水お前は嬉しいことを言ってくれるな」

山本は思わず立ちあがって清水水兵に握手を求めた。二人は握手をきつくしたまま見詰め合って、

「よし、ここで別れよう。お前が先にゆけ」

山本が清水水兵に促した。

「また、どっかで会おう」

「うん、必ずな」

清水水兵はうっすらと涙を浮かべ淋しそうに、こう言い残して、山本の前から静かに去った。

清水水兵におだてられて、山本に自信みたいなものが湧いてきた。遠ざかる清水の後ろ姿を見送りながら、本当に再会できるのかな、と言う思いで胸が詰まってきた。

さー、いよいよ俺の実力が試される時が来た。山本水兵は新たな幕が開けられるのを感じていた。

横須賀をさようならして、汐入の駅から品川へ。そこから新宿へ出て映画でも見て時間を稼ごう。杉並の家へは暗くなってから帰ろう。近所の人に顔を見られてはまずいのだ。これからがいよいよ山本勝也の逃亡劇の始まりなのだ。念には念を入れよだ。

山本水兵は一人で力んだ。

　草津で加藤さんはこの俺をだまって拾ってくれるだろうか？　それが今は気がかりだ。山本は入営前に我が家を訪れた加藤さんのちょぼ髭を思い出していた。

さて、今日一日は映画館で暇をつぶし、夕方暗くなってから家に帰ろう。顔を見られて親っさんに不利な立場を作ってはならないのだ。

「絶対、息子は帰ってこなかった」

と、警官や憲兵に向かって言い張ってもらうには、先ず近所にばれてはまずいのだ。奴らは近所に必ず探りを入れるだろう。

　新宿の松竹映画館で時間つぶしをしようと入ったが、昨夜の寝不足で、あっという間に寝てしまった。長谷川一夫の股旅ものだったが、まったく中身は夢の中だ。気が付いたら、一回りして、また同じシーンが出てきた。三時間も寝たのか。夕べはほとんど寝てないから無理もない。まだ暗くなるまでは時間がある。

　――そうだ、席を替えて二階に上がろう。なにしろ水兵服は目立つからな。これなら怪しまれない。

　売店で芋アメを買ってなめながら見ていたら、またまた居眠りしてしまった。映画館の座席が旅館の代わりを果たしてくれた。

　冬の暮れは急ぎ足でやってくる。灯火管制は敵から身を隠すには都合いいが、都会の華やかさに幕をかけてしまう。

住み馴れた方南町を暫くぶりで歩くと、騒々しさが消えているのに気づく。人々は黙々と戦争に耐えているのだろうか。

いきなり帰ったら親っさんも驚くだろうな。暗いのが幸いして近所ではだれにも顔を合わせずに済んだようだ。

父親との再会そして別れ

我が家の玄関の明かりは付いていなかったが、奥のほうは明るかった。

——親っさん、仕事は早上がりなのかな、少し驚かせてやるか。

いたずら心が湧いてきた。そーっと扉に手を掛けると、すーっと開いた。

「おお、いいぞ」

鍵はまだ掛けてなかったのだ。あえてノックをしないで部屋に入ると、親っさんが台所で夕飯用の大根らしきものを切っているところだった。母親は肺結核の病死でいなかったからである。

家には電話などなかったので、いきなり我が家へ帰って忍び込んだが、、

「親っさん、只今」

「うあー、驚かすなよー。勝也じゃないか」

「あははー。驚かしてごめん」

「何だ。休暇でも取れたのか」

「そう、三日ばかりね」

「そうか、家でゆっくりしてけ」

「うん、そうするよ」

勝也は水兵服を脱ぎ私服に着替えた。しばらくぶりでほっとした気分である。

「ところで雄一が一週間前に帰ってきたんだけど、会社がB29爆撃機の爆撃で十トン爆弾を落とされたんだって言ってたぞ」

「えーっ、兄貴は無事だったの」

「十トン爆弾を落とされたときは、身体がとびあがったそうだよ。地下壕にいて命だけは助かったけど、地上の建物は大損害を受けたらしいな。人間もだいぶ犠牲になったみたいだよ」

確かに中島飛行機は日本の飛行機のエンジン作りをやっているからアメリカが爆撃の第一目標にしているのだ。兄貴はこの戦争の最前線にいるわけで、いよいよ日本も本土まで戦場に巻き込まれつつあるのだ。勝也は兄貴の方が今や最前線になったのを感じた。

親っさんが兄ちゃんの身の上話を続けた。

「中島飛行機は地下に工場があって、地下道で行き来が出来るほど広いそうだよ。だけどこの間の爆撃で機械がかなり痛んで、雄一はしばらく臨時休業になるみたいだな」

「でも、兄ちゃんの仕事も命がけになってきたなー。軍隊に取られる心配がないと思っていたがよ。今や最前線並みだな」

「そうさ、雄一もいまさら仕事を投げ出すわけにもいかんし、用心するしかねーな」

親っさんは年頃の若い男を二人も抱えて、心配の種は尽きないのだ。

親っさんは手を休めずにメリケン粉をこねている。勝也に手製の『すいとん』を思い切り食べさせようとしている。

やっぱり帰ってきてよかったな。勝也は、あやうく涙が出そうになる。どうも気が緩んでいるせいか、ちょっとしたことで感情がくずれる。

晩飯は久しぶりに親っさんと二人だけだ。

しばらく会えなかったが、親っさんは変わっていない。日焼けして健康そうだ。大工だから外仕事が多いのだ。

「ところで勝也のほうはどうだね」

「どうもこうも海軍はひどいところだよ。新兵は兵隊のうちに入らないそうだよ。文句をつける前に、まず尻に一発だ。顎の腫れがやっと引いたけど、新兵は朝から晩まで叩かれっぱなしさ！」

「そうか、さっきから気になっていたんだけど、これが上官に叩かれた跡か」

と、指をさした。

「そうなんだ。実は仲間の一人が首つり自殺したんだ。そいつ世田谷の東松原の出なんだ」

「うーん、自殺なんていうことがあるのかい。若いのにもったいないなー。出は東松原っていったが、近いじゃないか」

東松原は親っさんもよく知っている。

「俺もあの辺りを何回か素通りしているが、でかいお屋敷が並んでいるところみたいよ」

「そうだ、そうだ、あの辺りは高級お屋敷町だ」

親っさんが相づちを打った。

「そいつ会沢って言うんだけど、俺の班の中では奴と俺だけが東京出なのよ」

「ほう、そうだったのか」

「会沢はものすごく頭のいい奴だったよ。ただ身体がちょっと細身だしなー、兵隊向きじゃなかったね」

「それでよく兵隊検査に通ったな」

「軍もなりふり構っていられなくなったと思うよ。乙種合格でも無理に引っ張り出した感じだよ」

「そうさ、戦線の手を広げすぎたんさ」

「奴とは、やっと気持ちが通じ合うようになったのになー。惜しかったよ。彼氏の親父さんは銀行員で偉いみたいよ」

「ほう」

「だけど二年間ほど結核をしていたんだってさ。だから体力がいまいちで、なにやらしても長続きしなかったな。それで教班長にやたら叩かれたんだよね」

「それで耐え切れなくなったんか」

「そう、俺もかなりやられたけど、会沢は特に目を付けられていたんだ。教班長は半田っていうんだけど、これがまた鬼みたいな野郎なんだ」

「それを承知で庇ったのか」

「うん、どうも会沢が可哀そうでね、教班長につっかかったら、奴が狂いやがってね。胸倉をつかまれて張り飛ばされたよ」

「そうか」

「カッターの訓練がまたきついんだよ。班同士の競争が最後にあるんだが、会沢がこれでへたって、うちの班がビリになってさー。そしたら半田が気が狂ったように会沢を精神棒で叩きのめしたんだ」

「精神棒?」

「うん。樫で出来た棒だよ。それで滅多打ちさ。会沢はそれで参ったのさ」

「樫の棒で叩かれたんじゃー、みみず腫れになるだろう」

「そう思うだろー」

勝也は話に夢中になって箸を運ぶのが止まる。

「それだけじゃないんだ。連帯責任ていうのがあって、班員全員もついでに一発、半田に叩かれるんだよ」

「連帯責任？」

「そう、一人へまをすると他の十四人全員を見せしめに叩くんだ」

親っさんは心配そうに勝也の顎を見つめている。

「お前、大丈夫か。続けていけそうか？」

「うん、後で少し話があるんだけど。どうも横須賀は嫌なところだね」

〝すいとん〟の汁をするすると吸いながら、親子の会話は次から次へと弾む。

「うちで食べるとうまいなー」

「お代わりしろ」

「ところで米は足りてる？」

「それさ、近頃は配給もさつま芋だの豆糟みたいのが増えてな」

「豆糟？」

「そうよ。大豆の油を絞った糟よ。豚の餌だよ。まずくて食えたもんじゃないぜ。また闇屋の金子おやじから仕入れる食い物が増えちまったよ。稼いだ金はみんな飯代に消えちまうよ」

「そうか、いずこも同じか」

親っさんの満足そうな顔をながめていると、どこで逃亡の話を切り出すか、なかなか言い出せない。

――まー、この辺で思い切って言うか、

「ところで親っさんに相談があるんだ」

勝也は心なしか声が小さくなる。真剣な顔付きで箸を置くと、

「何だ、言ってみろ」

親っさんも箸が止まる。

「俺、このまま休暇が終わっても横須賀には帰らないつもりなんだ」

「なに、なに、それは脱走ということか」

「うん、そう」

親っさんもさすがに顔が硬ばって箸を下ろした。

「勝也、それはよせ。逃げられっこないぜ。世の中そんなに甘くは無いぞ」

「うん、親っさんの心配はわかるんだけど、このままじゃ俺持たないよ。会沢が自殺してから、海軍なんか嫌気がさしてね、それに近いうちに訓練が終わって小さな船に配属されるんだ」

「訓練はもう終わるのか」

「うん。四ヶ月間だけど、肝心の艦艇がなくて、小さな船しか乗れないみたいよ」

「ほう。いよいよ、船暮らしか」

「そうなんだけど、アメリカの潜水艦が日本の周りをうろうろしているんだってさ。うっかり船に乗ろうものならドカーンだよ」

「勝也、そんな事いったって何処へ隠れるんだ」

親っさんが食い下がってきたが、しばらく沈黙が続いた。

息子が軍艦にでも乗れば、いずれ戦死などという破目になるだろうと予測はできるが、息子には生きて居てほしい。このまま死ぬのを待つなんて嫌だ。この際は目をつぶるしかないのか。

「お前がそこまで言うなら、お父さんも反対はせんよ。ただ、捕まったら一生牢屋ぐらしの国賊だからな。そいつは覚悟せにゃならんぞ」

「わかっているよ」

「よしわかった。勝也、お前の好きなようにしろ」

危ぶんでいた親っさんを抱き込むのは、うまくいった。親っさんはやっと分かってくれたけど、こんなに粘られたのも珍しい。

「おまえ、非常用の乾パンはあるぞ。食い物はどの位もっていくんだ」

「五日や六日分は欲しいところだけど、親っさん、食い物はどの位あるかね」

「心配するな。欲しいだけ持っていけ」

親っさんに心配は掛けたくなかったが、結局、親っさんまかせだ。

親っさんは何やら茶箪笥の引き出しをごそごそとやっていたが、

「おまえ、これもっていけ」

親っさんの手には百円札が一枚握られている。勝也にとっては靴屋時代のほぼ一ヶ月の給料分だ。これは大いに助かる。

「うーん、すまない」

ただ、逃げ切れない時は、『ナイフで己の首を一突きにする覚悟』がある。などと口走ってはならないのだ。話がぶっ壊れてしまう。

「まあーお茶でも飲んで落ち着け」

「うん、ありがと」

親っさんが湯のみ茶碗を差し出してくれたが手が少し震えているようだった。

ぐーっとお茶を飲み干すと、お茶の香りが口の中に広がった。久しぶりに味わう故郷の味だ。

「悪いけど、水兵服の処分を頼むよ。そこいらに捨てるわけにもいかないからさ」

海兵団では水兵服は天皇から授かった官品だ。失くせば、重い罰則が科せられる。

それを焼き捨てようとしている山本は、もう何があっても後戻りはしないという強い決意なのだ。

「よし、わかった。明日現場で焚き火をするから、そこで燃やしちまおう。今日のうちに小間切れにしておけば、ばれる心配はないさ」

大工は現場で焚き火をして暖をとる。

「仲間に見つからない？」

「まー、なんとかするよ。一日くらい休みてーが、かえって休まない方が後々いいかな。いいか、勝也。上野や新宿には近づくなよ。憲兵が直ぐに網を張るぞ」

親っさんのほうが気を張っている。

「判ってるよ」

勝也は自分の部屋に置いてあった、群馬県や長野県の地図とナイフを用意した。ナイフは料理に使うわけではない。官憲に追われてどうしても逃げ切れない、と分かった時、己の首を刺すためだ。その覚悟はできているのだ。

食い物はリックに詰めるだけ詰め込んだ。そうだ、マッチと塩もいるぞ。

十一月二十六日の早朝、玄関に立った山本勝也は親っさんと向き合っている。親っさんはもう多くを語らなかった。

「いいか、勝也、命だけは大事にしろよ。万一捕まっても早まるなよ」

それだけだった。

――もう親っさんにも雄一兄ちゃんにも会えなくなるかもしれない。親っさん、ごめん。親不孝者を許してくれ！

勝也は心で叫んだ。

親っさんの両方の目のふちから、涙が頬を伝わってこぼれ落ちた。それを拭こうともしない。

「じゃー」

と言って玄関の扉を静かに閉めた。歩き出した勝也は腰の手拭で自分の涙を拭きとった。

群馬鉄山を目指して

生まれ故郷の方南町から群馬鉄山をめざして歩き出した。

親っさんにも打ち明けなかったが、群馬県の群馬鉄山に逃げ込むことを決めていたのだ。

今どこの炭鉱も人手が足りなくて人夫は引っ張りだこだし、人気も少ないから安心ではないかと思ったのだ。

炭鉱の人事掛は人夫の採用に当たり、その人間がどのような前歴を持っていたかなど、ほとんど問題にしないという。人手不足は限界を超えていたのだ。

群馬鉄山の人夫は戦時中の徴用工や朝鮮人がほとんどで、中には刑務所から逃げ出した者もいるという。そんな裏話を親っさんの級友の加藤さんから聞いていたからだ。

ただ、人事掛に軍隊から脱走したなんて言うのは通用しないと思うから、ここで知恵を絞らなければならない。そこで考えた名案は、山本勝也の兄貴が、三鷹の中島飛行機製作所武蔵工場の社員であることはチャンスでもあるのだ。

兄貴は会社の寮に入って飛行機のエンジンの部品製作をしていたが、先日、米軍の

B29の大編隊に大型爆弾を投下されて、社屋はめちゃめちゃにされた。しかし、兄貴は広大な地下壕に避難していて命は助かったのだが、工作機械の損害がひどいという話を親っさんから聞いたばかりだ。

そこで、作り噺を考えたのだ。兄貴と自分をすり替える、という猿芝居を打つことだ。それはこうだ。

「私は三鷹にある中島飛行機製作所に勤めていましたが、先日のアメリカの大編隊による中島飛行機武蔵工場の空襲で工作機械が全滅に近い被害を受けました。それでしばらく休業する羽目になりましたので、再開するまで短期間でよろしいのですが、しばらくお宅の炭鉱で働かせてください」

といって兄貴になりすます、という手品だ。兄貴の生年月日は承知しているし、履歴を聞かれてもばれる心配はない。先方に電話など入れて確認しようとしても今は電話すら通じない。それに兄貴は日本軍用の中島飛行機製作所に通っていたので、軍隊に召集される心配はなかった。だから若くても炭鉱の人事掛に疑われる心配はない。只一つ問題なのは、出身をどこに持ってくるかだ。本籍などをありのまま書き込んだら、それで一巻の終わりだ。だけどこればかりは名案が浮かばなかった。だがあんまり出鱈目は書けない。成り行きにまかせるしかない。

山本勝也は用心深い人だが、なんとしても逃げきる、と覚悟を決めていた。

群馬鉄山に行くには二つの行き方があることが分かった。一つは信越線の軽井沢から草軽電鉄に乗り換えて草津まで行き、それから山の中を歩いて群馬鉄山に行く方法と、もう一つは上越線の渋川から長野原まで開通した長野原貨物線沿いに歩き、更に長野原から太子（おおし）まで歩いて到着したら、ホッパー（ケーブル）沿いに六合（くに）村まで歩き群馬鉄山に出る。

——どうも渋川周りは時間がかかりそうだ。軽井沢周りに決めよう。

そんなわけで、今日は先ず八高線の八王子を目指すことにする。

今日中にどこまで行けるかがわからない。山本水兵が明日横須賀に帰隊しなければ、間違いなく脱走の疑いで全国に手配が回る。と言っても汽車を避けるわけにはいかない。八王子までは国鉄で行って、八高線に乗り換え高崎まで行く。なんでそんな遠回りするのかと言えば、上野から上越線の高崎行きの切符は朝早く並ばないと買えないのは常識だからだ。

一週間ぐらいの食い物は持っているが、それ以上になると自信が持てない。季節は秋深くなり、夜はかなり冷え込む。足は陸軍のゲートルを巻いているので寒さを凌げる。

月が出ているとはいえ足元は暗い。懐中電灯が欲しいくらいだ。吐く息が白く、胸元で消えていく。街灯はすべて消されていて、住宅街はまだ眠っている。勝也は前方を見据え、幼い頃より歩きなれた裏道を一歩一歩、歩き始めた。

よれよれの戦闘帽を深めにかぶり、足にはゲートルを巻きつけた。服装は陸軍のお古だ。野営にはもってこいである。これで寒さにはなんとか耐えられる。背中には六日分の生米と乾パンが詰められたリックサックを背負った。水筒にはお茶を入れた。中央線中野駅まで一時間かけて歩いた。腹巻にはナイフが差し込んであるのでなんとなくごつごつしている。寒さと緊張で、さっきから体中がこわばっている。

山本勝也は脱走の成功のため、大事な作戦を考えていた。横須賀海兵団半田教班長宛に一通の葉書を出すつもりで、昨晩考えながら書いた。その中身とあて先はこうだ。

拝啓

半田教班長殿に申し上げます。会沢水兵の件で私、山本四等水兵は――大変きびしい制裁を受けました。会沢水兵の家族をも蹴飛ばす、あなたの処置には我慢できません。よって脱走いたします。詳細に調べたところ、あなたの出身は神奈川県鶴巻と分かりました。いずれそこへ伺い、今回のお返しに参上いたします。

敬具

神奈川県横須賀市横須賀海兵団　半田軍曹殿

横須賀海兵団四等水兵　山本勝也

で間違いなく届くだろう。

「脱走してでも半田軍曹に仕返しをするぞ」

という脅しである。だが、山本水兵はそんな仕返しなどする気はさらさらない。家族など痛めつけても、恨みなんか晴らせるわけではない。本命に致命傷を負わせないで、八つ当たりなどしても、家族に恨みを買うだけだ。しかし、敵の目をそらすには今はそれしか思い浮かばない。まあ、これで時間稼ぎは出来る。半田の故郷が神奈川県鶴巻だというのは聞いていたが、細かい住所など分かるはずもない。分からなくてもいいのだ。憲兵どもの目が鶴巻に向いているうちに逃げる。言ってみれば手の込んだ陽動作戦だ。こんな芝居じみたことが通用するか分からないが、無駄ではないだろう。

投函するポストは東京駅を選ぶことにした。東京駅は東海道線の出発地点だ。東海道線に乗った振りをして、その反対に向かって勝也は進んでいくつもりだ。それは陽動作戦の続きだ。

もう一つ解決しなければならない問題がある。

石炭不足で列車の本数がやたら少ない。高崎や軽井沢へ行くのに駅の窓口で直ぐに切符は買えない。朝早く新宿駅窓口の前で並ばなければ切符は手に入らないのだ。並んでいる待ち時間が五時間や六時間はざらなんだそうだ。それは杉並の実家に出入りしている買出し闇屋のおっさんから聞いた情報だから確かだ。

ただ、今は並びたくない。並んで切符を買う時間はあるが、人目は避けたい。ここは我慢するしかない。危険な場所には近づかない。

先ず、軽井沢までどの道を選ぶか考えたが、すんなり切符が買えるのか。上野駅から高崎までは百キロ以上あるという。切符を買うには、警察の交番の証明書が要るという話だが、ただ、運のいいことに抜け道があることを知った。出入り闇屋のおっさんが言うには、遠回りになるが、八高線回りで高崎までなら百キロ以内なので許可なしで切符は買えるとのこと。

「なるほど」

手はあるものだ。明日の夕方五時までが帰隊期限だ。それ以降は追っ手がつく。それまでになんとか目途をつけたい。

さて、先ず中央線中野駅から東京駅までの切符を買った。東京駅でわざわざ降りて近くの郵便ポストに葉書を突っ込んだ。

東京駅から八王子へ着いたのが朝の九時過ぎになったが、ここで思わぬことにぶつかった。八王子駅から八高線に乗り換えようと改札口に出ようとしたところ、付近に警察官が二人も見張っているではないか。一瞬どきっとしたが、下手に引き返さぬほうがいい。何食わぬ顔で傍を通り抜け、改札を出た。

いやー驚いた。買い出し隊の監視かな？

まだ横須賀への帰隊時間は期限切れになっていないから、驚くほうがおかしいのに、見えない敵におびえているのかな。我ながら情けない。信越線の軽井沢方面の列車は何本かあったので軽井沢までは何とか行けそうだ。

八王子駅の窓口で高崎までの切符を買おうとしたら、長蛇の列だ。まー我慢して並ぶしかない。新宿で並ぶより心配ないだろう。

何とか列車には乗れたが、座るどころの話ではない。超満員で押し合い圧し合い、体を動かすのも儘ならない。闇屋のおやじが言っていた〝買い出し列車〟とはこのことか。この線は取り締まりがゆるいので、闇米を取り上げられる心配がないので買い出し客が殺到するという。

昼頃に高崎駅に着いたが、腹が減っては戦にならない。ここで降りて、近くのベンチで今朝の握り飯をパクついた。

腹ごしらえができると、何となく度胸が据わってくる。この駅で軽井沢までの切符はすんなりと買えた。上野駅から来た信越線の軽井沢行の列車に乗り込んだが、途中の横川駅からは碓氷峠の登りで急勾配になるため、アプト式とよばれる歯車列車なるものにお目にかかった。のんびりと登山列車という感じだ。

軽井沢に着いたのが三時近くだ。外へ出て初めて草軽電鉄にお目にかかったが、いかにも田舎のオンボロ列車という感じだ。草津までは三時間もかかるというので、着くのが六時頃になる。もう日が暮れているのに、それから宿屋探しなんかできるのか。

偽学生

やっと草津駅に着いたら、なんと雪やこんこんのお出迎えだ。辺り一面真っ白だ。

「うー寒うー。ついてねーなー」

草津は温泉街とはいえ、この時間だと裏道は街灯の明かりも物寂しい。誰かに今晩泊まるところを聞かねばならない。頼りなげに雪道を傘なしで歩いていると、お地蔵さまと隣り合わせにある〝地蔵の湯〟と書かれた小さな風呂場らしきものを見つけた。引き戸を開けて、

「今晩は」

と声をかけたが、返事はない。風呂場は受付もない。地元の人だけが入る共同湯なのかもしれない。物音一つせず、人のいる気配がない。

外の者がこの湯へ入ってもいいのかしら。

脱衣場に目をやると、一つだけ籠がふさがっているではないか。

まあいいや、入ってみよう。衣服を脱いで風呂を覗くと一人の年配の男性が湯船に浸かっていた。

「今晩は」

恐る恐る声を掛けると、相手の男性は軽く会釈を返してきた。

「ここの湯は通りすがりの者でも入ってもよろしいんでしょうか」

風呂に入ってしまってから、入ってもよろしいでしょうかなんて聞くのも図々しい限りだが、人の良さそうな六十歳がらみのその人は優しく答えてくれた。

「そうよ。遠慮せんで、ゆっくりしていきな。銭はいらんから」

「ほんとうですか。ありがとうございます」

世間は地獄ばかりではない。

「ここは地元の者の共同湯で組合のもんが掃除やっとるのよ」

「そうですか。やはり温泉場ですね」

初めて硫黄の強い匂いに気がつく。緊張していたせいでそこまで気が回らなかった。湯船に身を沈めると今日一日のごたごたが頭の中をぐるぐると駆け巡ったが、湯煙と一緒に天井に追い出した。

この際だから今晩の宿屋のこともおっさんに聞いてしまえ。

「あのー、少しお聞きしたいんですが、私、先ほどの列車で草津に着いたんですが、宿屋の予約なしで来てしまったんです。あなたのお知り合いで、今晩泊めてくれそうなところありませんかね」

「うーん、これからか」

「はい、勝手言ってすみません。わたし小林と申します。東京から来ました。まだ学生です」

「学生さんかい。そうだなー、すぐそこの月州屋の番頭さんを知っとるから、後で聞いてやってもいいよ」

おっさんは気軽に引き受けてくれた。ただ偽学生だとは口が裂けても言えない。

「わーうれしい。恩に着ますよ」

風呂からあがり、おっさんの後を付いていくと、

「ここの宿は一泊宿の客よりは長逗留の湯治客が多いのよ」

と言いながら、月州屋の宿の裏へわざわざ回って、扉をたたくと、中年のおばさんが顔を出した。

「はい、なんか」

「源治さんはおられるかな、田中和夫が来たと言ってくんない」

「はい」

と言って入れ替わりに源治さんが顔を出した。

「おー、和ちゃんじゃねーか。どーしたんだねー」

田中さんは山本のほうを向いて、

「地蔵の湯で、この学生さんに、今晩の宿を世話してくんないと頼まれてよ。一部屋ぐらい空いてんかい」

「あー、空いとるよ、だけんどこの時間じゃー晩飯は残りもんしかねーなー」

「学生さん、いいかねー」

田中さんが山本に促してきた。

「はい、結構です。贅沢はいいませんよ」

山本は、やった！　とばかり自然と顔がほころんでしまう。

「学生さん、そんじゃーな」

と言って田中さんが満足そうに笑みを浮かべて出て行った。

山本は急いで田中さんの後を追いかけた。

「田中さん、助かりました。これ芋飴ですが、食べてください」

と言って、持っていた芋飴をリックから一袋差し出した。

「えー、ありがてーな。遠慮なしにもらっとくよ」

実をいうと、山本はよーし救われた！　という感じを強く持ったので、その見返りにお礼がしたくなったのだ。

捨てる神あれば、拾う神ありだ。

中年の和服姿の女中がやってきて、

「学生さん、部屋にご案内しますよ」

と言いながら、先に立った。

「予約なしでは心配だったでしょう」

「えー、ほんとに。この寒さじゃー一晩野宿っていうわけにはいかないですよねー。いつもこんな調子なので親父さんに、年中怒られてますよ」

「あははっ、いいですねー。親ごさんに甘えられるお身分で」

と言いながら一人用の小部屋に案内してくれた。

親離れできない学生になりすますのも芝居気がいる。

「今お茶を持ってきますからね。学生さん、夕飯は残り物しかないんですよ。堪忍してね」

「はい、腹がふくらめばいいですよ」

おねーさんがしばらくするとお茶をもって現れたので、さっそく聞いてみた。

「おねーさん、草津から六合（くに）村へ出るにはどのくらいかかりますかねー」

「そうだねー、六合のどこかね」

「群馬鉄山なんだけど」

「群馬鉄山？」

「はい」

「そういえば、六合（くに）村の鉱山が近いうちに始まるとは聞いていたけど、いよいよ開業ですかね。あそこは、乗り合いバスなんかないから歩くしかないけんど、学生さんの足なら三時間半もあれば着くんじゃないのかね」

「方向としては北になるんですか」

「そうだね。本通りを出たら左に出て、左方向に白根山が見えるから、その右方向だがね。鉄山は山の麓の右側になるから、人に会ったら、よく聞きながら行くんだよ。だけんどなんで鉄山あたりに行くんかねー」

「はい、こんど親戚の者が、群馬鉄山の現場監督になるので、草津温泉で遊んだついでに挨拶してこようと思いましてね」

「そうなんかい、その鉄山の貨物線の突貫工事でここ二年ばかり地元じゃー男衆が大勢駆り出されて、大騒ぎだったんですよ。私、長野原の出だから酷い目にあいましたがな」

「あーそうだったんだ。大変だったですねー。きびしいですよねー」

「はい、よーくわかりました。それではゆっくりしていってね」

おねーさんは、いつまでも長っ話なんかしていられないとばかり、早々に引き上げた。

しばらくしてから、おねーさんがまた扉を叩いた。

「学生さん、夕飯だけど台所で皆と一緒に食べませんかねー、おかずは宿の者と同じだから、部屋まで運ぶ手間が省けるんですが。いやでなければ、どうぞ」

「えー、ほんと。皆って宿屋の人たちですか」

「そうです。十人程いますけんどね」

「だけどここは面白いなー。喜んで行きますよ」

この旅館は長逗留の客が多いせいか、格式ばっていない。泊まり客でも相手が学生ならお膳を運ばずに、手を抜いても多少の無礼は許される、と思っているようだ。山本としてはそのほうが素性を疑われる心配がなくなる。

まー私は脱走兵なんかじゃーないよ。親の脛をかじっている学生お兄ーちゃんなんだから、と思わせるにはもってこいのチャンスではないか。

長椅子のお膳には十人程の男女がそろい、山本が来るのを待っていたみたいで、女将さんとも見える女性が、

「さー、学生さん、そこに座ってください。一緒に食べましょう」

山本は遠慮なく座ると、

「いただきまーす」

と一斉に夕食が始まった。賄いの人たちは、夕方になって宿屋に飛び込んできた慌て者に興味ありそうな顔をして、ちらちらと見てくる。

「学生さんも、この戦時下では勉強どころじゃーないでしょー」

番頭さんが聞いてきた。

「はい、その通りです。勤労動員がかかって、学校でなく町工場に毎日通っています。やっと三日ばかり休暇が出たので、思い切って草津までやってきました。毎日息が詰まりそうですよ。〝草津良いとこ一度はおいで〟なんてたまには洒落てみたいですよ」

「あははー、学生さん、草津にあこがれていたんかねー」

「そうです、そうです」

山本は草津に来るのは長年の夢だった。という素振りをしたが、みんなは納得したみたいだ。

「学生さんさ、草津に来たら、湯畑を見て、西の河原の露店風呂ぐらいは入ってゆきなさいよ。明日は六合（くに）村に行くんですって」

女将さんが話しかけてきた。

「はい、是非そうしてから、群馬鉄山に行きます。後で、西の河原へ行く道を教えてください。だけど雪が降る中で露天風呂なんて乙ですねー。傘でも差しますかー」

「わっははー」

山本がおどけて傘を差すふりをしたので、みんなが大笑いしてくれた。この後、山本は硫黄臭い湯舟につかり、草津の一夜を堪能して布団の中に入ったが、今日は学生になり切れたみたいだ。演技は上々なようだ。翌朝、受付で宿代を払い、月州屋を後にしたが、寄り道などせず、教えられた道を群馬鉄山へ直接向かった。雪は止んだが、二十センチ以上は積もっている。山の中だから谷底に滑り落ちないように要注意だ。夕べの宿で皆で食べた食事は、にぎやかで追われている身を忘れさせたが、今朝は一転、何事も急ぎたい気分だ。

なんとしても早めに六合（くに）村群馬鉄山という未知の鉱山村へたどり着かねばならぬ。西の河原という露店風呂などに浸かって観光している気分ではない。群馬鉄山の地は奥草津とも言われているそうで、ここからさらに山を登らなければならない。教えられたとおり、本通りに出て左側に曲がって進み最初の交差点で左に曲がる。左に白根山が見えるが、鉄山は右方向だよ、と教えられた通り山道を歩き始めたが、東京辺りよりはるかに寒さがきつい。手袋をしていても手先が冷たいというより痛い。くねくねと曲がっている山道を早足で歩くこと二時間。自分の足音だけがざくざくと聞こえてくる。人家もないし人影は皆無だ。他人に道を聞くどころではない。一つ道を間違えれば、〝遭難〟という言葉が現実味を帯びてくる。

小さな渓谷が見えてきたが、岩や川の水がやたら赤茶けてきた。なんだ、なんだ。川から湯気が出ているが、温泉か？　案外、鉄山に近づいているのかな。褐鉄鉱は茶色っぽいと加藤監督さんがいっていたからな。

さらに一時間余り歩き続けると、はるか前方に煙柱のようなものが二本漂っているではないか。

川の湯けむりか？　ストーブの煙か？　まだ見分けられない。早く確かめたいので、早足になる。

おーなんだ、鉄塔が見えてきたぞ。あっ、人が居た。よかったー、助かったー。

作業服姿の工事人と思われる人が二人で機材を担いで積もった雪の中で作業をしている。近づいて丁寧に声をかけた。

「お仕事中すみませんが群馬鉄山の方ですか」

山本の方を振り向くと二人は、こんな山の中で何者だという顔で不思議そうに山本を見つめている。

「いや、鉄山の者ではないけんど、鉄山の鉄塔工事中だよ」

年配の一人が答えた。

「あ、そうですか。群馬鉄山の工事事務所は近くにあるんでしょうか」

「うん、この道を十五分も行けば事務所があるさ」

「ありがとうございました。仕事の手を止めてすみませんでした」

「まーいいさ」

群馬鉄山に勤務

群馬鉄山の開拓には商工省が本腰を入れていると加藤監督さんが言っていたが、鉱石運搬の貨物線まで新しく引くとは並々ならぬものがある。鉄は莫大な金を注ぎ込んでも今は何としても欲しい一級軍事物資なのだ。

「貨物線の沿線の住民は二年間も鉄道工事に総動員されていたんですよ」

と、月州屋の女中が言っていた話と合わせれば、鉄は日本の運命を決める生命線と読んでいるわけだ。

山本は少し不安になってきた。そんなに軍が本腰で手をかけているところへ、のこのこと顔を出していいのかな。

言われた通り、事務所らしき建物が見えてきた。大きな方の建物に近寄り、扉の横に「日本鋼管鉱業群馬鉄山工事事務所」と書かれた、立て看板の前に立った。何となく扉に手をかけるのが重い気分だが、思い切って扉を開けた。事務所の中は男性ばかり十五人程の人が居たが加藤さんらしき人の姿はない。

「ごめんください。加藤監督さんはおいででしょうか」

みんなが一斉にこちらを向いたが、近くにいた中年の男性が立ち上がりながら、

「どちらさんでしょうか」

と応じた。

「はい、東京からきた山本と申します。加藤さんはおいででしょうか」

「あいにくだが加藤監督は夕方でないと事務所には戻らんのよ」

「はー、そうですか」

やや失望した顔を見抜いたのか、

「待っている時間はありますか」

と丁寧に応対してくれる。

事務所の柱時計は午前十一時近くを指している。

「はい、あります」

山本はどうもうまくいかないなと思いながらも、待つしかないと腹を決めた。

「ところで、外でぶらぶらしていてもいいし、隣の応接間にいてもいいが、かなり時間がありますよ。あんたさん、昼が近いが弁当でも持っていますか？」

山本は苦笑いしながら、

「いいえ、持っていません」

「そうですかい、そしたらさー、隣の小屋が食堂になってんから、昼頃顔を出しなよ。

ただ、米が少ないんで、大麦だの高粱なんかの混ざり飯だよ」

「あー、お気遣いありがたいですね。なんでも結構です」

「ところで、加藤監督さんとはどんな知り合いなの」

相手が若造なので気軽に話しかけてくる。

「はい。私の親父と加藤さんとは中学校の頃の同級生です。四ヶ月ほど前、東京の我が家で私も加藤さんとお会いしたばかりです」

「あーそうなの。わたし小川っていうんだけんど加藤さんと今度一緒にやることになったんだがね。加藤さんは鉱夫の宿泊所のことで、元山に出かけてんだわ。いよいよ追い込みでね」

「わかりました。待たせてもらいます」

ここではやたら隠し立てしてもいずればれるから本名を名乗ったが、加藤さんに会うまではわが身の安全は未知数だ。

数時間後には加藤さんに会えそうなので、一息ついたが、事務所にぼーっとして居るのも退屈なので、散歩がてら周りの様子を見ることにした。恐らくここで逃亡生活を送るようになるだろうから、しっかり見ておこう。

鉄塔はここでも見かけるが、鉱石運搬のホッパーみたいだ。貨物線まで鉱石を運ぶといったが、どこの駅まで運ぶんだろうか。

鉱夫用の飯場や宿泊小屋があちこちで建設中だが、かなり大規模な鉱山みたいだ。だが、こんな山奥でどうやって何百人も生きていくのだろうか。食料や燃料は下界から運ぶとしても、山の赤い水など飲めるわけがない。

昼を少し過ぎてから小屋の食堂に顔を出したが、中は工事人たちでごった返している。小川さんらしき人はいるか、

「いた、いた」

少しおでぶで革靴などはいていて、身なりが工事人たちと少し違うが、働き者という感じだ。

「小川さん、先ほどはお邪魔しました」

「あー、山本さんといったっけ。どうぞ」

彼は立ち上がると、厨房の奥に声をかけた。

「賄いさん、定食をもう一つお願い。払いは事務所につけといて」

「はーい」

話はとんとん拍子で決まっていく。薪ストーブががんがん焚かれていて、部屋の中は天国だ。ここへ来る途中で見かけた煙柱はこのストーブだったんだ。

山本は勧められるままに小川さんの隣に腰を下ろした。

「山本さん、東京じゃー高粱飯なんか食べたことないだんべ。まーじっくり味見しな

よ」

「はー、麦飯は年中ですけど、こうりゃん飯は慣れてないですね」

口に入れてみると高粱飯は確かに硬くてまずい。これから御厄介になる身なので文句を言える立場ではないが、ここでは高粱入りは当たり前みたいだ。

「昼飯代はお幾らでしょうか」

食い逃げというわけにはいかないので、小川さんに尋ねたが、

「あーいんだよ。会社のおごりだよ。高粱飯の味加減はどうだったべー」

小川さんは東京育ちに高粱飯の味を聞きたいみたいだ。

「はー少し硬めで噛み切るのに時間がかかりますね」

ほんとのことをいうしかない。

「ははは、そうだんべー。最初は引っかかるのよー」

小川さんは陽気な人だ。

昼めしを食べて腹が膨らんだら、寒い山道に出るのがおっくうになった。応接間で少しゆっくりしよう。

夕方近くになって、応接間の扉が、

「とん、とん」

と鳴って、いきなり開けられた。間違いなくちょび髭の加藤さんが現れた。

山本は急いで立ち上がると、

「あっ加藤さん。東京杉並の山本勝也です。いつぞやは赤城山のお酒を飲ませていただいてありがとうございました」

「いやいやー、勝也君か。まさかあんたが来るとは予想しなかったよー。もう軍艦にでも乗っているんかと思っていたよ」

「はい、加藤さんに是非お願いしたいことがあってやってきました」

「ほー、何かね」

山本にとって、ここ一番ともいえる一瞬だ。声を少し落とし気味に、

「わたし横須賀の海兵団から抜けてきました。すみませんが匿ってください。一生のお願いです。加藤さん、無理なお願いですが、この通りです」

山本はいきなり、床に膝と手を付け土下座した。

「まー、勝也君立ちなよ」

少しくらいでは動じない加藤さんの表情がらんらんと色めき立ってきた。声もいくらか低めに抑えて口を開いた。

「抜けてきたというのは脱走という意味かね」

山本はさらに声を落として、

「はいそうです。海軍が嫌になりました。今日の五時で外出期限切れです」

柱時計は四時半を指している。

しばらく考えていた加藤さんが、

「今日の五時が帰隊時間かね。よし解った。この俺に任せてくれ。細かいことは後から聞くことにしよう」

余りの嬉しさに山本は涙がぼろぼろと出て止まらないまま、

「加藤さん、恩に着ます。よろしくお願いします。真面目に働きますから」

加藤さんも脱走兵を匿って、それがばれたら深い罪になることは十分に心得ているだろう。それを覚悟のうえで承知したのは、山本の親っさんに対する熱い友情の表れ以外の何物でもない。

「ところで職場の方はどうするかな？　海軍を脱走してきたとも言えんからな」

加藤さんが苦笑いしている。

ここで山本はここへ来るまでずーっと考えていた筋書きを加藤さんに説明した。

「加藤さん、実は私の兄貴が東京三鷹の中島飛行機武蔵工場で部品作りをしているんですが、兵役免除なんですよ。ですけど先日、中島飛行機がアメリカB29に爆撃されて施設がだいぶやられたらしいんです。そこでしばらく臨時休業になると言っていました。私ここへ来る前に考えたんですが、兄貴と私をすり替えて、工場再開まで加藤監督さんの御厄介になるってのはいけませんかね」

「なーるほど、東京にはそんな工場があるんかね。勝也君若いのに悪知恵が働くねー。よしっ！　それでいこう」

若いから兵役逃れを疑われるのは間違いないが、飛行機作りなら立派な口実になる。加藤監督が〝問題解決〟とばかり気持ちよく了解してくれたのには胸がすく思いだ。

「加藤さん、ありがとうございます。何でもやりますから」

「仕事はいくらでもあるから心配すんな。ところで親父さんはこのことを承知なのかね」

加藤さんはやはり自分の同級生でもある、父の山本秀行の考えが気になるところだ。

「はい、昨日家へ帰って脱走することは告げましたが、逃げ場所には一切ふれていません。まして群馬鉄山に行くとは一言もしゃべっていません。加藤監督さんにご迷惑が掛かってはまずいと思いまして」

「そうか。その方が良かったな。警察の奴らは変なところから足がかりを見つけるからな」

「はい」

「それでは所長に挨拶してから事務所の者に紹介しよう」

外は夕暮れでもう薄暗い。応接間から出た加藤さんは山本をつれて、事務所の責任者でもある高橋所長に、

「突然で申し訳ないんですが」

と、細々と説明すると、所長も異論なく了解してくれた。よほど人手を欲しがっているのだな。

「それでは後で、簡単でいいから履歴書を出しといて」

「わかりました」

加藤さんは当たり前のように返事をしたが、山本は、やっぱりとんとん拍子にはいかないな、と思い、ちらっと履歴書作りの細工に頭が行った。

「みなさんちょっと手を休めてください。新しい人を紹介します。今度一緒に仕事をすることになりました山本勝也君です」

加藤さんが事務所の人達を見回して声を掛けた。山本は緊張しながら、

「みなさん初めまして。只今紹介されました山本勝也です。今後ともよろしくお願いいたします」

みんなが、ほういきなり新入りか、なんて顔で見つめてくる。

「山本君は東京の中島飛行機工場で飛行機の部品つくりをやっておったが、先日のアメリカの空襲で中島飛行機がメタメタにやられたみたいで、再建されるまで山本君はしばらくお休みということで、しばらくうちで預かることにしました。若いから現場の人の手配でもやってもらおうと思っています。みなさんよろしくね」

加藤さんがもっともらしく紹介してくれた。この後、自分の仕事場の席や、寝泊まりの部屋の確保などで引き回された。夕飯を食べ終わった後、加藤さんからこれからの仕事について細かく説明を受けた。

「勝也君、大勢の人を動かすっていうのはなかなか大変な仕事なんだよ」

「はい、そうだと思います」

山本は加藤監督の話を一言も聞き漏らすまいと聞き耳をたてた。

「これから一つ一つ仕事は覚えてもらうけれど、一番面倒なのが朝鮮人鉱夫なんだよ。近いうちに五十人ほどやってくるんだけど、日本語を話せるのがほとんどいないらしいんだ」

「そんなにくるんですか」

「うん、朝鮮人の現場監督には何人か付けるけど、勝也君には日本人の面倒を見てもらうよ」

「はい、わかりました」

「何しろ、素人のかき集めだから、慣れるまでしばらく骨がおれるよ。まあー頑張ってくれよ」

「はい、お手数をかけました。頑張ります」

山本は丁寧に頭をさげた。

山本はやっとのことで群馬の鉱山に逃げ込んだけれど、これでひと安心。追われる身に変わりはないが、何とか逃げ切れたかなと思った。

明日辺りには東京駅のポストに入れた半田教班長あての葉書が届くだろう。まあー悪戯半分だけどね。あいつの慌てる顔が見てみたいものだ。

山本は気分が落ち着くと余裕が出てきたみたいだ。親っさんや恭子さんの輝いた瞳。若い学者面をした会沢、人の良い水兵仲間の清水の笑顔が次々と浮かんでくる。

さて、山本勝也の山の飯場生活の一日目が始まろうとしている。山本の仕事は現場に向かう鉱夫の氏名と人数の確認である。名簿を手にして点呼してから、現場へ送り出す。どの顔も中年ばかりで若者は滅多にいない。山本の受け持ちは五十名ほどだが、緊張しているせいか、名前を間違えて読み上げると、呼ばれた本人から、

「そうじゃねーよ」

と注意される。そのたびに、

「ごめんなさい」

と謝って聞き直す。

まだ試験掘りなので鉱夫もこれからどんどん増えてくるとのことで、人をまとめるのはこれからが本番だ。山本は鉱夫の新しい名簿作りと仕事場への人員の配置、日当の計算を命じられた。

山の寒さは半端ではない。コンクリートの粉を水で溶かそうとすると、混ざらないうちに水が凍りついてしまう。熱水で急いで混ぜるしかないのだ。人間のほうも凍傷にかかるものが出てくる始末。こんなところで作業が続けられるのかなと思うのは、露天掘りだから、寒気は生き物に向かってまともに体当たりしてくる。逃げ場がないのだ。

加藤監督の後について現場に足を踏み入れたが、試験掘りされた鉱石は一か所に積み上げられている。まだ貨物線が完成していないから積み出しできないのだ。この鉱石はホッパー（空中ケーブル）に積み込まれて、貨物線の終点駅の太子（おおし）まで運び、そこで貨車に積み込まれて渋川まで出ると説明された。

一週間ごとに新入りの鉱夫がバスで運び込まれてくるとのことで、

「勝也君、今日の昼近くにバスで新しい鉱夫が来るから、寄宿舎への手配を頼むぜ」

山本の出番がまた一つ増えた。寄宿舎が決まると、食堂を教え、工具の格納場所や使い方を説明する。といったって山本には工具の使い方などわかるはずもない。むしろ鉱夫と一緒になって聞き、学んでいる。その辺は先輩が先生だ。一段落すると、ぞろぞろと新米鉱夫を引き連れて山の現場に案内する。半月もすると山の動きの全体像が見えてきた。下請けの小さな会社もかなりあるみたいで、そこにも朝鮮人がだいぶいるとのことで、鉱山は朝鮮人で保っているといってもよいほどだ。

年の暮れもいよいよ押し迫ってきたときに、朝鮮人鉱夫が続々と六十人程バスでやって来た。しかも憲兵と警官のつきそいで。

「これは、ちとやばいな」

山本は忘れかけていた逃亡者の気分にちくりと針をさされた。だが、何食わぬ顔をしていればこの場はしのげる事も飲み込めるようになった。こんな山奥では鉱夫の身元の良し悪しなど構っていられない。質より量ということだ。そんな中で運ばれてきた、朝鮮人といったって日本人の人相と大差はない。ただ、みんなふてくされた顔だ。何か深い事情があるのだろう。日本語をしゃべれないものが大部分というから、朝鮮本国から人狩りで強引に引きずり込まれたかな。朝鮮人を嫌う日本人が多いが、山本の住んでいた杉並の近所に日本人の奥さんと暮らしていた朝鮮人がいたが、気さくで明るい人だったので、山本は好印象を持っていた。朝鮮人とは同じ人間として付き合っていけばいいのではないか。

これで鉱夫の数も三千人近くに膨れ上がってきたみたいだ。

来年一月二日に待望の長野原貨物線の開通式が決まったみたいだ。すべての仕事がその日に向かって集中され出した。

正月がやってきた。賄い場でお猪口にお酒がそそがれたが、料理らしきものは一品だけ。おせち料理にお雑煮とは縁が遠くなった。

「うんざりするぜ」

何でも無い無いずくしだ。山本は一人でぼそぼそとつぶやいた。食い物のお粗末さは軍部の権威を振りかざして農家に供出を強制してもままにならない。無い袖は振れないというわけだ。

正月四日は開通式に出席するため、始発駅の太子まで八キロの道をトラックで事務所の連中が運ばれた。

長野原線開通式は工事関係者や地元のお偉方や住民が大勢参加して、仰々しく行われた。貨物列車第一号に積み込まれた群馬鉄山六合の渇鉄鉱は十五両編成で神奈川県川崎までの道のりを大勢の歓声と汽笛の合図をうけて静かに出発した。

鉱山は活気をみせ、発掘量は順長な滑り出しをみせた。新入りの鉱夫も増える一方だ。そのせいで、山本の仕事も目が回るほど忙しくなってきた。

山の奥では、仕事を終えた後の楽しみは何もないと思っていたが、みんなは悪知恵を絞るものだ。トランプや花札は毎晩のようにお開帳だ。しかも、みんな金を賭けている。山本は博打をした金など欲しいとは思っていない。もらった給料は使い道がないから、そっくり残っているが、賭けごとには近づかなかった。ただ、別の部屋で将棋や囲碁をやっているものがいると聞いたので覗いてみた。山本は将棋は小さい時から知っていたが碁石は握ったこともない。時間は有り余るほどある。

「囲碁でもやってみるか」

と、簡単な気持ちで囲碁の会場へ行ってみたが、一人の高段者が、

「山本さん、囲碁をやる気になったかね」

と笑いながら、手とり足とり教えてくれた。

「山本さん、田中君も初心者だから、いい対戦相手になれるよ」

というわけで、のめり込む程ではないが、囲碁の小屋へ通い始めた。

勝也が毎晩のように囲碁の小屋へ通うようになって変なことに気が付いた。加藤監督さんも毎晩のように外に出かけるのだ。最初は、これから仕事の打ち合わせにでも行くのだろう、と軽く解釈していたが、囲碁の隣で花札をやっていた一人の鉱夫が帰り際に、

「山本さん、いいか、これは黙っていろよ。加藤監督さんにはバラスなよ」

という駄目押しで、加藤監督さんが花札賭博にはまっていることを耳打ちしてくれた。山本が加藤監督の下で動いているのは誰でも知っている。

「うーん、参ったな」

山本もこれは意外だった。しかも加藤監督の花札は気の毒なほど下手で、みんなのカモになっているとのこと。

命の恩人の隠されていた心の痛みを偶然知ってしまった。本人は何食わぬ顔をして

いるが、博打にはまり込んでいるのは確かだ。やればやるほど口惜しい思いが膨らんでいるに違いない。博打には向かない性分なのかもしれない。これは抜け出せない蟻地獄だ。なんとか救い出したいが、手はあるのか？

山本の人助けの虫が騒ぎ出した。一度現場を覗いてみたいものだ。

ある晩のことだ。晩飯が済んで、一服しようと、何人かがストーブのある事務所に戻って、おしゃべりに花を咲かせた。珍しく監督さんと一緒になった。話が弾んで花札のことに進んだので、勝也はすかさず、

「一度見てみたいなー」

といってみたら、すかさず、監督さんが、

「だめだめ、勝也君よしな。素人は絶対手を出してはならんのよ」

と強く止められた。ご本人が泥沼にはまりこんでいるので、言葉にもひっ迫感がある。翌日、山本は仕事が済むと、将棋・囲碁打ちの隣でやっている花札賭博を覗いてみた。もちろん監督のいない小屋である。すでに五、六人が輪になって御開帳の真っ最中だ。

その場に一歩下がって黙って座ると、

「やってみるか」

と、花札を配っているおじさんに、いきなり勧められた。

「いや、しばらく見るだけにします。よろしいですか」

「うん、まーいいか。よく見てな」

どうも花札は金がかかっているから、本人たちはむきになるが、知恵比べとはあまり縁がないようだ。どいつもこいつも目つきは鋭いが、その場の運というか、気まぐれというか、その時の気分で当たりはずれがあるようだ。博打にうまい者、下手な者の違いはどこから生まれるのか、勘の鋭さか、頭の良し悪しなのか、納得のできる答えは出せない。加藤監督さんが負けっぱなしなのはむきになる性格にあるのか。

博打の借金で財産をすりつぶし一生を台無しにしてしまった話など山ほどある。加藤さんをそんな連中の仲間入りをさせてはならない。渋川の加藤さん家族がこれを知っているかどうかわからないが、家族の事情を持ち出してお説教する柄でもないし、山本は打つ手がなく悩んだ。

加藤監督の花札の負けっぷりは博打仲間ではお笑いの種になっているみたいで、隣の花札賭博の連中の一人が、

「俺も加藤監督の部屋に出稼ぎに行ってカモってくるかな」

と言ったら、大笑いになった。

すぐ隣にいて聞いてしまった山本はむかっとすると、囲碁の手を止めて思わず怒鳴ってしまった。

「加藤監督さんを馬鹿にするな！」

「なんだとー。てめーは加藤監督の子分だな」

髭ぼうぼうの荒くれ者が向かってくる気配である。

すると、周りの者が慌てて、

「よせ、よせ！」

と抑えたので、その場は収まったが、山本は喧嘩してもいいと思うほど腹を立てた。ヤクザだって相手になるぞ。

それ以来、山本はあんな部屋へ行って囲碁を打つ気力も失った。仕事を終えた後も自分の部屋で本を読んだり、年中ごろごろしてばかりいるので、同じ棟の小川先輩がこれに気付いて、

「山本君どこか具合でも悪いんかね」

と気遣ってくれた。

「いえ、大丈夫です。ちょっと気分が乗らないだけですよ」

「なにかあったのかね」

「いやー、加藤監督が花札賭博に凝っている話を知っていますか」

「うん、あまり上手ではないという話は聞いてるよ」

「私７号棟で囲碁をやっていたんですが、同じ場所で花札もやっているんですよ」

「うん、それで」

「その中の一人が加藤さんのことを〝あんなドジはいないよ、俺も奴の部屋へ出稼ぎにいってカモってくるかな〟なんてほざいたもんで、私もついカッとして、『加藤さんを馬鹿にするなっ！』って、怒鳴ってしまったんですよ」

「殴り合いでもしたんかねー」

「いいえ、周りが止めたんでそこまではいかなかったんです」

「そうだったのか。博打は後を引くよ。勝也君も博打には決して手を出すなよ」

「はい、よーくわかっています」

三月も半ば、奥深い山にも温もりが感じられるようになる。水桶の氷も幾分薄くなってきたみたいだ。

これから仕事にかかろうとするとき、加藤監督さんから呼び出された。

「勝也君、今日と明日にかけて前橋刑務所から囚人がやってくるから、気を引き締めてな」

「えー、ほんとですか」

「うん、ほんとさ」

「どのくらい来るんですか」

「三十人余りだと課長が言っていたから、容易ではないぞ」

「そうですかねー」

山本には自信がなかった。お上は働き手なら、もう相手を選ばない程追い込まれているのか。

午後になって囚人がバスでやってきたが、もちろん警察官の護衛付きである。山本にとって警察官は近づきたくない相手だが、今は何食わぬ顔でとぼけるしかない。

そんな経過で囚人が監視付きで働き始めたが、つるはしを持つ手をぎこちなく振り上げて、鉱脈に打ち込んでいるが、十日もすると、何となく様になってくる。ここで意外なことが起こり始めた。朝鮮人鉱夫より徐々に生産量が上がり始めたのだ。これは想定外の出来事だ。更に驚くことに、これに刺激でも受けたのか朝鮮人鉱夫の生産量も上がり始めたのだ。事務所の中でもこの話が花を咲かせている始末だ。

仕事が終わった後、部屋で着替えをしている時、珍しく加藤監督が山本の部屋までやってきた。

「勝也君、少し話があるんだけど、事務所の会議室までつきあってくんない」

いつもとは違ってまじめくさった顔である。

「はい分かりました」

と山本は答えたが、改めて何なのか見当がつかない。誰もいない事務所に明かりをつけると、加藤監督は、

「いやー勝也君には迷惑をかけたみたいだな」

「はー、なんでしょうか」

「小川君から聞いたよ。わしの花札のことで喧嘩騒ぎを起こしたんだって」

「あーそのことですか。7号棟で監督さんの花札を笑いものにした奴がいたんで、つい怒鳴ってしまったんですよ」

「そうか、わしも笑い者にされたか。関係のない勝也君まで巻き込んですまんかったな。勝也君がわしをかばってくれてると聞いて熱くなったよ。ありがとう」

「いいえ、監督さんは私の命の恩人ですから当たり前ですよ」

山本はやっと話し合えるチャンスが来たと、常々考えていたことをぶちまけた。

「実は監督さんに前からそのことでお願いしたいと思っていたんです。この際、花札博打から手を引いてもらえないでしょうか。これ以上監督さんがみんなの笑いものにされるのはもう我慢できないんです」

「うーん、そんなに馬鹿にされてるのかい」

「はい、私の喧嘩相手なんか、監督さんの部屋に出稼ぎに行ってカモりたいなんて、ほざいたんですよ。それでかーっときてしまったんです」

「そうか。それで騒ぎになったんだな。勝也君、二、三日わしに考えさせてくれ」

「はい、お待ちしています」

加藤監督にとっては即座に返事ができなほど天下の一大事なのである。

三月十日の夕方、太陽はもう沈んでいるのに、東京方面の空が夕焼けのように何やら赤みを帯びている。

「何かあったのかなー」

みんな外へ出てきて、不安そうに遠くに目をやっている。

案の定、翌朝、東京の下町方面一帯がB29爆撃機の焼夷弾攻撃で大火災を起こした。という一報が九時ころになって事務所に入ってきた。

「下町一帯が焼けた」

という話だけど、杉並の我が家のことが気にかかる。

戦争もいよいよ日本本土の沖縄が決戦場になるほど追い込まれてきた。アメリカはB29から悠然と焼夷弾を落としていれば、日本中が焼け野原になってゆく。日本はどうなるのだろうか。

仕事を終えた後、ラジオを聴きながら雑誌をめくっていたら、扉がとんとんと叩かれて、加藤監督さんが顔を出した。

「勝也君、事務所までちょっと来てくれない」

「はい、わかりました」

何か真剣な顔つきである。山本はすぐ悟った。この間の返事だな。どんな返事が返ってくるのだろうか、胸がわくわくしてきた。

事務所のストーブはすでに消されているが、温もりはまだ残っている。椅子に座るやいなや加藤監督は、

「勝也君、この際花札とは縁を切ることにしたよ。勝也君にはずいぶん心配をかけたからな」

「えっ、ほんとですか。すごく嬉しいです」

「損を取り戻したいと思うといつまでたっても止められんから、そんなのお前にくれてやるわって思うことにしたわ」

「さすが監督さん、歯切れがいいですね」

「ははは、そうおだてるなよ」

山本の捨て身の思いがやっと監督さんの賭場通いを止めさせることができた。

山本は大きなため息をはいた。立派な仕事をこなして、自分の前途まで光が差してきた思いである。脱走兵という負い目に追い込まれていた日常は、どこかで振り切りたかったが、これはいいきっかけになった。

日本の敗戦

六月に入って日本とアメリカの戦況のほうはきびしくなる一方であった。アメリカの空爆は連日のように起こり、山本たちが掘りあげた鉄鉱石の輸送貨物車がしばしば線路上で止まって、列車が立ち往生することが起こり始めたのだ。これはわが群馬鉄山にとって命取りである。

加藤監督さんもやきもきして浮かぬ顔であるが、会社も仕事の手を休むわけにはいかない。掘りあげた鉱石は溜まるばかりで、大きな山になっている。

一方で管理部の食料確保が大変厳しくなってきたみたいで、三千人もいる鉱夫の食い物も、米は滅多にお目にかかれないで麦と高粱が連日続いている。

「今日は薩摩芋で我慢してくれ」

と言われたときは、

「いよいよ追い詰められてきたな」

毎日の仕事も手詰まりなのに、食いものまで思うようにならない。この先の不安が胸をかきむしる。

「この戦争に日本は負けるよ」

と予言した山本だが、それがだんだんと近づいてきたみたいだ。だけど山本は日本が負けるなんて予言はほんとは当たってほしくないんだ、とも思っている。負ければアメリカの言いなりになるのは目に見えているが、その先どうなるのかが見えてこない。

八月に入って広島にとてつもなく大きな新型爆弾が落とされて、莫大な犠牲者が出たとの報告が入って来た。

八月十五日の朝、所長から天皇陛下の玉音放送が正午にあるから、みんな広場に集まれ、との指示が出た。

山本勝也は、

——ついに降参か？　それとも徹底抗戦宣言か？

三千人も集まれる場所などはない。何か所かに分散して、拡声器で天皇陛下の玉音放送が始まったが、みんな背を伸ばして礼儀正しく聞き入るが、山本には天皇が何を言っているのかどうもよく飲み込めない。

——戦局必ずしもよくないとか、忍び難きを忍びとか、共同宣言を受託とか。

「共同宣言とは何？」

玉音放送が終わった途端に誰かが大声をあげた。

「日本は戦争に負けたんだ。戦争は終わったんだ！」

その場が大騒ぎになると思いきや、シーンとして白けきっている。皆泣き出したいような顔である。

「やっと、来るものが来たか」

山本は冷静になっていた。これから明日に向かって事がどう運ばれていくのか、予想はつけにくいが、追われる身から解き放された事は間違いない。

ところが隣の飯場近くでは大歓声が上がっている。朝鮮人鉱夫が騒ぎ出したのだ。しばらくして日本人の現場監督や作業員が顔色を変えて逃げ込んできた。

「朝鮮人鉱夫が暴れて日本人に襲いかかり出した」

とのことで、

「こちらにも来ますよ」

直ぐに事務所に向かって一団が押しかけて来た。途中で相手かまわず日本人を殴ったり、蹴飛ばしている。

「これはまずい」

というわけで、事務所の連中は一時避難するため、山に向かって逃げ出した。

山本も手ぶらで逃げ出したが、この騒ぎは予想外であった。

二時間ばかり避難していたが、朝鮮人鉱夫が引き上げたとの一報が入ったので山本たちも事務所に戻ることにした。山本は朝鮮人鉱夫の日頃の怒りを掴みとれなかったばかりか、己の命だって狙われている有様に、戦後の混乱の始まりを予感させた。

朝鮮人鉱夫の要求は、

「早く本国へ返せ」

ということだが、鉱山の現場では所長たちと話し合いがつかず、鉱夫たちは貨車で大挙して川崎の本社へ押し掛けていった。

勝也はこの騒ぎの中で、

「群馬鉄山は終わりだ。もうここにいる理由もなくなった、ここでおさらばしよう」

と腹を決めた。

昨年の十二月から、今年の八月までの九ヶ月間は人里離れた山奥で慣れない仕事に必死になって働いたが、これで逃げ延びることができた、と言ってもよい。これからは、もっと静かに平和に暮らす道を探すことができるのだろうか。

加藤監督さんと別れるのは引き裂かれる思いだが、監督さんもいつまでも群馬鉄山にしがみついていられないだろう。

命の恩人にはいずれ手厚いお礼をしなければならない。

一日の作業が終わると山本は気持ちを引き締めて、監督さんの部屋を訪ねた。

「オー勝也君じゃーねいか、どうした。馬鹿に真剣な顔だな、心配事でもあるんか」

「加藤さん、私、東京へ帰りたくなりました」

山本は思いを率直にぶつけた。

「うん、そうか、勝也君そうしたほうがいいよ。もうここも終わりだ。勝也君も追われる心配はなくなったからな」

加藤監督さんは寂しそうにつぶやいた。

翌朝、山本は先輩や同僚に、

「大変お世話になりました」

と言って、別れの挨拶を交わした。みんな先輩や仲間として、気持ちよく働くことができた。ただ一つ博打場での喧嘩騒ぎを除いては。

特に加藤さんは親代わりと言ってもよいほど面倒を見てくれた。

「加藤さん、これまでの御恩は生涯忘れることはありません。別れるのはつらいです」

山本はぼろぼろと涙が出るのを止めることができなかった。

「勝也君、君もよく頑張ったよ、うまく生き延びたといってもいいよ。親父さんによろしく伝えてくれ」

うっすらと涙がにじみ出ている。山本の立場をよく理解してくれた恩人の言葉だ。

山本は帰り支度を済ませると、貨車で渋川から東京へ行くコースを止めて、草津まで歩くコースを選んだ。偽学生を名乗って草津に泊まった懐かしい思い出が誘ってくれる。

九ヶ月前の草津から群馬鉄山への道は心細く、暗い思いを抱えて歩いたが、追われる身では避けられない宿命であった。

今朝の草津への道は深い緑に囲まれている。川は硫黄の匂いを出しながら、ちょろちょろと音を立てながら流れている。

勝也はたくさんの楽しみが待ち構えている明日を夢見ながら、

「また偽学生が来ましたよ」

と言って月州屋の門を叩くか。生きているって素晴らしいな。

先輩山本勝也さんに名誉あれ

山本勝也さんの物語は終わったが、普段の付き合いは先輩・後輩として親しく付き合っていた。

山本勝也さんの人生の前半は大波乱の連続で、並の人間では耐えられない生き方であるが、それだけに人々の好奇心を引き付ける。

「そんな人が世の中に居たのかよ！」

と思った私、林荘吉もその一人で、強力な磁石に引っ掛かったように、根ほり葉ほり彼の人生の足跡を探った。

彼はそんな私を嫌がりもせず、淡々と語ってくれた。

そして更に新しい発見があった。それを書くには多くの時間を掛けねばならぬ。

著者プロフィール

林 荘吉（はやし そうきち）

昭和7年（1932年）3月2日東京杉並区で生まれる。
昭和19年3月杉並区立新泉小学校卒業
昭和25年3月都立小金井高校卒業
昭和25年4月日本大学工学部建築科入学
昭和29年4月建設省国道工事事務所に就職
昭和46年（1971年）5月大日本印刷株式会社に下請けとして写植機（文字を活字化する機器）持参で入社。ここで有名人等の小説原稿や論文を印刷用に仕上げた。
平成15年（2003年）71歳で退職

脱走兵

2023年6月15日　初版第1刷発行

著　者　林 荘吉
発行者　瓜谷 綱延
発行所　株式会社文芸社
〒160-0022　東京都新宿区新宿1－10－1
電話　03-5369-3060（代表）
03-5369-2299（販売）

印　刷　株式会社文芸社
製本所　株式会社MOTOMURA

ISBN978-4-286-24139-5